Les Pages
de notre amour

NICHOLAS SPARKS

Les Pages de notre amour

FRANCE LOISIRS
123, boulevard de Grenelle, Paris

Titre original : *The Notebook*

Publié avec l'accord de Warner Books, Inc., New York

Traduit de l'américain par Jean Rosenthal.

Une édition du Club France Loisirs, Paris,
réalisée avec l'autorisation des Éditions Robert Laffont.

ISBN : 2-7441-0952-5

À Cathy,
ma femme et mon amie,
avec tout mon amour.

Remerciements

Ce récit est ce qu'il est aujourd'hui grâce à deux personnes en particulier; je voudrais les en remercier.

À Theresa Park, l'agent qui m'a tiré de l'obscurité. Merci pour votre bonté, votre patience, merci pour les nombreuses heures que vous avez passées à travailler avec moi. Je vous en serai à jamais reconnaissant.

À Jamie Rab, mon éditeur. Merci pour votre sagacité, votre humour et votre bon caractère. Grâce à vous ce travail a été pour moi une merveilleuse expérience, et je suis heureux de pouvoir vous appeler mon amie.

Miracles

Qui suis-je ? Comment cette histoire va-t-elle finir ?

Le soleil s'est levé. Je suis assis près d'une fenêtre embuée par le souffle d'une vie passée. J'offre un drôle de spectacle, ce matin. Deux chemises, un pantalon épais, une écharpe qui fait deux fois le tour de mon cou pour s'enfouir dans un gros chandail tricoté par ma fille, voilà trente ans, pour mon anniversaire. Le thermostat dans ma chambre est au maximum et un petit radiateur est posé juste derrière moi. Il cliquette, grince et crache des bouffées d'air chaud comme un dragon de conte de fées. Malgré cela, mon corps frissonne d'un froid qui ne se dissipera jamais. Un froid qui a mis quatre-vingts ans à s'installer. Quatre-vingts ans !...

J'ai beau accepter mon âge, je m'étonne quand même de ne pas avoir eu vraiment chaud depuis que George Bush a été élu président. Je me demande si c'est ce que ressentent tous les gens de mon âge.

Ma vie ? Elle n'est pas facile à raconter. Elle n'a pas été le succès tumultueux et spectaculaire dont j'avais rêvé, mais je ne suis pas non plus resté à la traîne avec les bons à rien. J'imagine qu'elle a surtout ressemblé à un placement de père de famille : stable, avec plus de hauts que de bas, et, au long des années, une tendance modeste à la hausse. Une bonne affaire, un coup de chance. J'ai appris que tout le monde ne peut pas en dire autant. Mais n'allez pas vous méprendre : je n'ai rien d'extraordinaire. De cela, je suis certain. Je suis un homme ordinaire, aux idées ordinaires, et j'ai mené une existence ordinaire. Aucun monument ne sera élevé à ma mémoire, et mon nom sera vite oublié. Mais j'ai aimé un être de tout mon cœur, de toute mon âme. Et, pour moi, cela suffit à remplir une vie.

Les esprits romanesques considéreront cet amour comme une magnifique histoire, les cyniques comme une tragédie. Pour moi, c'est un peu des deux. Mais qu'importe, au bout du compte, le regard qu'on choisit d'y porter : il ne change rien au fait que cet amour a été au centre de ma vie, qu'il a guidé chacun de mes pas. Je n'ai pas à me plaindre de la route et des endroits où il m'a entraîné. Dans d'autres domaines, peut-être ai-je suffisamment de griefs pour emplir le chapiteau d'un cirque, mais en amour le chemin que j'ai choisi a toujours été le bon. Jamais je n'ai souhaité en prendre un autre.

Le temps, hélas ! ne me permet pas de garder le cap facilement. La voie est droite – plus que jamais –, mais elle est désormais jonchée des pierres et des cailloux qui s'accumulent tout au long d'une vie. Il y a trois ans encore, j'aurais pu sans mal les ignorer ; aujourd'hui cela m'est impossible. Un mal coule dans mes veines : j'ai perdu ma force et ma santé et je passe mes jours comme un de ces vieux ballons qu'on lâche à la fin d'une soirée. Apathique, flasque et ne cessant de se ramollir avec le temps.

Je tousse et, en plissant les yeux, je regarde ma montre. Il est temps d'y aller. Je me lève de mon fauteuil, traverse la pièce d'un pas traînant, m'arrête devant le bureau pour prendre ce cahier que j'ai lu cent fois. Je ne le feuillette pas : je le glisse sous mon bras et je poursuis mon chemin vers l'endroit où je dois me rendre.

J'avance sur un sol carrelé, d'un blanc tacheté de gris. Comme mes cheveux et ceux de la plupart des gens qui sont ici, même si, ce matin, je suis seul dans ce couloir. Ils sont tous dans leurs chambres, avec la télévision pour toute compagnie, mais, comme moi, ils en ont l'habitude.

Pourvu qu'on vous en laisse le temps, on s'habitue à tout.

J'entends au loin des bruits de sanglots étouffés. Je sais exactement de quelle chambre ils viennent. Les infirmières m'aperçoivent, nous échangeons des sourires et des salutations. Elles sont mes amies : nous bavardons souvent et je suis certain qu'elles se posent des questions sur moi et sur ce que je m'impose chaque jour. Je les écoute, qui commencent à chuchoter entre elles sur mon passage : « Tiens, le voilà qui y retourne. J'espère que ça va bien se passer. » Mais elles ne m'en parlent jamais directement. Je suis sûr qu'elles croient que ça me ferait de la peine d'en discuter si tôt le matin et, me connaissant, elles ont sans doute raison.

Dix minutes plus tard, j'arrive devant la chambre. Comme d'habitude, on a laissé la porte ouverte pour moi. Il y a deux infirmières dans la pièce. Elles aussi me sourient quand j'entre. « Bonjour », lancent-elles d'un ton joyeux. Je prends un moment pour leur demander des nouvelles des enfants, de l'école et des vacances qui approchent. Pendant une minute ou deux, nous bavardons sur fond de sanglots. Elles n'ont pas l'air d'y prêter attention : elles finissent par ne plus les entendre, mais, il est vrai, moi non plus.

Je m'assieds dans le fauteuil qui a fini par

prendre ma forme. Les infirmières ont presque terminé. Elles lui ont passé ses vêtements, mais elle continue de pleurer. Elle se calmera après leur départ, je le sais. L'excitation du matin l'énerve toujours; aujourd'hui ne fait pas exception. Les infirmières ouvrent le store, puis quittent la chambre. Chacune, au passage, m'effleure le bras en souriant. Je me demande ce que cela veut dire.

Je reste assis une seconde à la dévisager, mais elle ne me regarde pas. Je comprends : elle ne sait pas qui je suis. Pour elle, je suis un étranger. Alors, détournant les yeux, je baisse la tête et je prie en silence le ciel de m'accorder la force dont je vais avoir besoin. J'ai toujours profondément cru en Dieu, comme dans le pouvoir de la prière, même si, pour être franc, la foi a beaucoup éveillé ma curiosité : quand je ne serai plus, je tiens absolument à connaître la réponse à toute une liste de questions.

Je suis prêt. Les lunettes sur le nez, une loupe que je tire de ma poche. Je la pose un moment sur la table tandis que j'ouvre le cahier. Il faut qu'à deux reprises j'humecte mon doigt noueux pour que la couverture usée s'ouvre sur la première page. Alors, je mets la loupe en place.

Il y a toujours un moment, juste avant que je commence à lire l'histoire, où j'ai l'esprit en ébullition et où je me demande : aujourd'hui, est-ce que ça va arriver ? Je n'en sais rien. Je ne le sais jamais à l'avance. Et, au fond, ce n'est pas vraiment important. C'est la possibilité que cela arrive qui me pousse à continuer, et non la certitude : un peu un pari de ma part. Traitez-moi de rêveur, d'idiot, de tout ce que vous voulez... je continue à croire que tout est possible.

Je me rends bien compte que les chances et la science sont contre moi. Mais la science n'a pas réponse à tout. Ça, je le sais ; je l'ai appris au cours de mon existence. Et je reste persuadé que les miracles, si inexplicables, si incroyables soient-ils, existent et peuvent se produire en dépit de l'ordre naturel. Alors, une fois de plus, comme chaque jour, je commence à lire le cahier à voix haute pour qu'elle puisse entendre, dans l'espoir que ce miracle qui en est venu à dominer ma vie l'emportera une fois de plus.

Peut-être, mais oui, peut-être que ce sera le cas.

Fantômes

C'était au début d'octobre 1946. Noah Calhoun contemplait le soleil déclinant à l'horizon depuis la véranda qui entourait sa maison ; une maison bâtie dans le style planteur d'autrefois. Il aimait s'y asseoir, le soir, surtout après avoir travaillé dur toute la journée, pour laisser ses pensées vagabonder à leur gré. C'était sa façon à lui de se détendre, une habitude qu'il tenait de son père.

Il aimait surtout regarder les arbres et leur reflet dans la rivière. L'automne de la Caroline du Nord est magnifique : les arbres éclatent en verts, jaunes, rouges, oranges, leurs couleurs éblouissantes rayonnant au soleil. Pour la centième fois, Noah Calhoun se demanda si les premiers propriétaires de la maison passaient eux aussi leurs soirées à rêver ainsi, sur la véranda.

Bâtie en 1772, c'était une des plus anciennes et des plus grandes demeures de New Bern, à l'origine la maison de maître d'une plantation. Noah l'avait achetée juste après la fin de la guerre et avait consacré les onze mois précédents – et une petite fortune – à la remettre en état. Le reporter du journal de Raleigh lui avait consacré un article quelques semaines auparavant en disant que la restauration était une des plus belles réussites qu'il ait jamais vues. La maison, tout au moins – le reste de la propriété, c'était une autre histoire... Noah y avait travaillé le plus clair de la journée.

La maison se dressait sur cinq hectares le long de Brice Creek et il avait retapé la clôture qui bordait les trois autres côtés du domaine, s'assurant qu'il n'y avait pas de pourriture sèche ni de termites et remplaçant les poteaux quand il le fallait. Il avait encore du travail, surtout sur le côté ouest : en rangeant ses outils quelques instants plus tôt, il avait noté dans sa tête de téléphoner pour se faire livrer un nouveau chargement de bois. Il entra dans la maison, but un verre de thé au miel, puis alla se doucher. Il prenait toujours une douche à la fin de la journée : l'eau emportait à la fois la poussière et la fatigue.

Ensuite il s'était peigné et avait enfilé un jean délavé et une chemise bleue à manches longues. Il s'était versé un autre verre de thé et était passé sur la véranda où il était assis ; où chaque jour, à cette heure, il venait s'asseoir.

Il étira les bras au-dessus de sa tête, puis sur les côtés, terminant son exercice en roulant des épaules. Il se sentait bien, propre et rafraîchi. Il avait les muscles las et savait qu'il aurait quelques courbatures le lendemain, mais il était content d'avoir accompli le plus gros de la tâche qu'il s'était fixée.

Noah prit sa guitare. Ce geste lui rappela son père. Comme il lui manquait ! Il pinça les cordes, régla la tension de deux d'entre elles, puis fit un nouvel essai. Le son lui paraissait bon ; il se mit à jouer. Une musique douce, calme. Il commença par fredonner, puis entonna un chant tandis que la nuit tombait. Il resta là à jouer et à chanter jusqu'au moment où le soleil disparut et où le ciel s'obscurcit.

Il était un peu plus de sept heures quand Noah cessa de jouer. Il se carra dans son fauteuil et se balança. Machinalement, il leva les yeux vers le ciel : il aperçut Orion et la Grande Ourse, les Gémeaux et l'étoile Polaire qui scintillaient dans le ciel d'automne.

Il commença à faire des calculs de tête, puis s'arrêta. Il savait que la réfection de la maison avait englouti presque toutes ses économies et que, bientôt, il lui faudrait retrouver du travail, mais il chassa cette pensée et décida de savourer en paix les derniers mois consacrés à la restauration. Les choses s'arrangeraient, il le savait : elles s'arrangeaient toujours. D'ailleurs, penser à l'argent l'ennuyait. Très tôt il avait appris à aimer les choses simples – les choses qui ne s'achètent pas – et il avait du mal à comprendre les gens qui adoptaient une attitude différente. Encore un trait de caractère qu'il tenait de son père.

Clem, son chien de chasse, s'approcha de lui et vint lui renifler la main avant de se coucher à ses pieds. « Alors, ma fille, comment ça va ? » demanda-t-il en lui caressant la tête. Elle poussa un petit gémissement et leva vers lui ses yeux ronds au regard doux. Elle avait perdu une patte dans un accident de voiture mais elle se déplaçait encore assez bien et lui tenait compagnie par les soirées calmes.

Il avait trente et un ans ; pas trop vieux, mais assez pour se sentir seul. Depuis son retour ici, il n'était pas sorti avec une fille, il n'avait rencontré personne qui l'intéressât, même vaguement. C'était sa faute, il en était conscient. Quelque chose le poussait à garder ses distances envers toute femme qui cherchait à se rapprocher de lui, et il n'était pas sûr de pouvoir changer, même s'il essayait. Parfois, juste avant de s'endormir, il se demandait s'il n'était pas destiné à rester seul à jamais.

La soirée s'écoula, douce, agréable. Noah écouta

les grillons et le bruissement des feuilles, en songeant que les rumeurs naturelles étaient plus réelles et éveillaient plus d'émotion que des engins comme les voitures et les avions. La nature vous rend plus qu'elle ne vous prend et ses bruits l'obligeaient à penser au destin de l'homme. Pendant la guerre, surtout après une action importante, il lui était souvent arrivé de songer à ces bruits simples. « Ils t'empêcheront de devenir fou, lui avait dit son père le jour où il s'était embarqué. C'est la musique de Dieu. Elle te ramènera au pays. »

Noah termina son thé, rentra dans la maison, choisit un livre puis, en ressortant, alluma l'éclairage de la véranda. Le livre était vieux, la couverture déchirée et les pages maculées de boue et d'eau. C'était *Feuilles d'herbe,* de Walt Whitman – il l'avait conservé avec lui pendant toute la guerre. Le volume avait même reçu une balle à sa place.

Il frotta la couverture pour en ôter la poussière, puis il laissa le livre s'ouvrir au hasard et lut les mots qui s'étalaient devant lui :

> C'est ton heure, ô mon âme, ton libre envol vers l'indicible,
> Loin des livres, loin de l'art, le jour effacé, la leçon apprise,
> Tu émerges pleinement, contemplant et méditant en silence

les thèmes qui te sont les plus chers,
La nuit, le sommeil, la mort et les étoiles [1].

Il sourit. Dieu sait pourquoi, Whitman lui rappelait toujours New Bern, et il était content d'être de retour. Même si son absence avait duré quatorze ans, il était chez lui, ici, et il y connaissait une foule de gens, la plupart depuis sa jeunesse. Cela n'avait rien d'étonnant : comme dans bien des villes du Sud, les gens qui habitaient ici ne changeaient jamais – ils vieillissaient juste un peu.

Son meilleur ami était Gus, un Noir de soixante-dix ans qui vivait un peu plus loin sur la route. Ils s'étaient rencontrés deux ou trois semaines après que Noah eut acheté la maison. Gus était arrivé avec une liqueur faite à la maison et du ragoût, et ils avaient passé leur première soirée ensemble à s'enivrer tout en se racontant des histoires.

Gus lui rendait visite deux ou trois soirs par semaine, en général vers huit heures. Avec quatre gosses et onze petits-enfants dans la maison, il lui venait souvent l'envie de prendre l'air – ce que Noah comprenait sans difficulté. En général, Gus apportait son harmonica et, après avoir bavardé un moment, ils jouaient quelques chansons en duo, parfois pendant des heures.

1. Walt Whitman (1819-1892), « A clear Midnight », dans *Leaves of Grass*.

Noah en était venu à considérer Gus comme un parent. À vrai dire, il n'en avait pas, pas depuis la mort de son père, l'année précédente. Il était fils unique. Sa mère était morte de la grippe espagnole quand il avait deux ans, et il ne s'était jamais marié, même si, à un moment, il l'avait souhaité.

Il avait été amoureux une fois. Une seule et unique fois. Il y avait longtemps. Il en avait été changé à jamais. Le grand amour vous fait cet effet-là. Et ç'avait été le grand amour.

Les nuages côtiers traversèrent lentement le ciel du soir, le reflet de la lune les baignant d'une lueur argentée. Ils s'épaissirent peu à peu. Noah renversa la tête pour l'appuyer contre le dossier du fauteuil à bascule. Ses jambes, machinalement, maintenaient un bercement régulier, et, comme presque tous les soirs, il sentait ses pensées revenir à une tiède soirée comme celle-ci, voilà quatorze ans.

C'était juste après la remise des diplômes, en 1932, le premier soir de la fête de la Neuse. Toute la ville était dehors, autour des barbecues et des jeux de hasard. Il faisait humide, ce soir-là ; Dieu sait pourquoi, il s'en souvenait très bien. Il était arrivé seul et, en déambulant dans la foule, à la recherche de compagnie, il avait aperçu Fin et Sarah, deux amis d'enfance, en train de parler à une fille qu'il n'avait jamais vue auparavant. Il se rappelait s'être dit qu'elle était jolie. Quand il les avait rejoints, elle avait tourné dans sa direction des yeux au regard un peu brumeux qui revenaient sans cesse vers lui. « Salut, avait-elle dit simplement en lui tendant la main, Finley m'a beaucoup parlé de vous. »

Un début ordinaire, qu'il aurait sûrement oublié si ç'avait été quelqu'un d'autre. Mais, comme il lui serrait la main, son regard croisa celui de ses extraordinaires yeux émeraude. Il comprit alors qu'elle était celle qu'il passerait peut-être le reste de ses jours à chercher, sans espoir de la retrouver. Elle avait l'air si charmante, si parfaite, tandis qu'une brise d'été agitait doucement les arbres.

Puis ç'avait été une vraie tornade. Fin avait expliqué qu'elle passait l'été à New Bern dans sa famille parce que son père travaillait pour R. J. Reynolds. Il s'était contenté de hocher la tête, mais la façon dont elle le regardait lui fit comprendre que son silence ne la gênait pas. Là-dessus, Fin éclata de rire : il savait ce qui était en train de se passer. Sarah proposa d'aller prendre une limonade et ils restèrent tous les quatre à la fête jusqu'au moment où la foule commença à se disperser, où tout fermait pour la nuit.

Ils se retrouvèrent le lendemain, et le surlendemain... Bientôt, ils étaient inséparables. Chaque matin, sauf le dimanche, où il se rendait à l'église, il terminait le plus vite possible ce qu'il avait à faire pour foncer jusqu'au parc de Fort Totten où elle l'attendait. Comme elle était nouvelle venue et séjournait pour la première fois dans une petite ville, ils passaient leurs journées à des activités inconnues d'elle. Il lui apprit à accrocher un appât et à pêcher la perche dans les hauts fonds. Il l'emmena explorer les sentiers de la forêt. Ils se promenaient en canoë, ils regardaient les orages d'été. Il avait l'impression qu'ils se connaissaient depuis toujours.

Lui aussi apprenait des choses. Dans le hangar de séchage du tabac où avait lieu le bal du bourg, elle lui enseigna la valse et le charleston. Durant les premières danses, ils trébuchèrent un peu, mais la patience dont elle fit preuve finit par payer et ils dansèrent tous les deux jusqu'à ce que la musique s'arrête. Plus tard, il la raccompagna chez elle. Quand ils s'arrêtèrent sur la véranda après s'être souhaité bonne nuit, il l'embrassa pour la première fois, se demandant pourquoi il avait attendu si longtemps. Dans le courant de l'été, il l'emmena découvrir la maison : il voyait plus loin que le délabrement, et il lui dit qu'un jour il l'achèterait et la retaperait. Ils passèrent des heures à parler de leurs rêves : lui voulait voyager, elle voulait être artiste. Par une humide nuit d'août, ils perdirent tous deux leur virginité. Quand elle quitta la ville, trois semaines plus tard, elle emportait avec elle un morceau de lui-même, et le reste de l'été. Il la vit partir par un matin pluvieux, après une nuit blanche. Il rentra, fit son sac et, la semaine suivante, resta seul sur Harkers Island.

Noah se passa les mains dans les cheveux et consulta sa montre. Huit heures douze. Il se leva, marcha jusque devant la maison et inspecta la route. Pas trace de Gus. Il ne viendrait probablement pas. Noah regagna son fauteuil à bascule.

Il se souvenait d'avoir parlé d'elle à Gus. La première fois, Gus avait secoué la tête en riant.

– C'est donc ça, le fantôme que tu fuis !

Comme Noah lui demandait ce qu'il voulait dire, Gus avait répondu :

– Tu sais bien, le fantôme, le souvenir. Je t'ai observé : tu travailles jour et nuit, tu trimes si dur que c'est à peine si tu as le temps de reprendre haleine. Il y a trois raisons qui poussent les gens à ça : la folie, la bêtise ou l'envie d'oublier. Toi, je devinais que tu essayais d'oublier. Seulement oublier quoi... je ne le savais pas.

Noah réfléchit à ce que Gus lui avait dit. Gus avait raison, bien sûr. New Bern était hanté. Hanté par son souvenir à elle. Chaque fois qu'il y passait, il croyait la voir au parc de Fort Totten, leur endroit à eux, leur lieu de rendez-vous. Elle était assise sur le banc ou se tenait debout près de l'entrée, toujours souriante – ses cheveux blonds effleurant ses épaules ; ses yeux couleur d'émeraude. Le soir, quand il était assis sur la véranda avec sa guitare, il la voyait auprès de lui, qui l'écoutait en silence jouer la musique de son enfance.

Il la voyait quand il allait au drugstore de Gaston ou au théâtre maçonnique. Il la voyait quand il se promenait en ville. Partout où il regardait, il voyait son image, il voyait des choses qui la faisaient revivre.

C'était bizarre, il s'en rendait compte. Il avait grandi à New Bern, il y avait passé les dix-sept premières années de sa vie, mais il semblait ne se rappeler que le dernier été. L'été où ils étaient ensemble. Les autres souvenirs n'étaient que des fragments épars de son enfance. Peu éveillaient chez lui un quelconque sentiment.

Un soir, il en avait parlé à Gus ; non seulement Gus avait compris, mais il avait été le premier à lui expliquer pourquoi. Il avait déclaré simplement :

– Mon père me disait toujours que le premier amour te change à jamais. Quoi que tu fasses, c'est un sentiment qui ne disparaîtra jamais. La fille dont tu m'as parlé a été ton premier amour. Tu auras beau faire, elle restera avec toi à jamais.

Noah secoua la tête et, quand son image à elle commença à s'effacer, il revint à Whitman. Il lut pendant une heure, levant la tête de temps en temps pour regarder les ratons laveurs et les opossums qui trottinaient au bord de l'eau. À neuf heures et demie, il referma son livre, monta dans sa chambre et nota dans son journal tout à la fois des observations personnelles et le travail qu'il avait accompli. Quarante minutes plus tard, il dormait. Clem gravit les marches, vint le flairer dans son sommeil, puis décrivit quelques cercles avant de se coucher pelotonnée au pied du lit.

Un peu plus tôt ce soir-là, à cent cinquante kilomètres de New Bern, elle était assise toute seule dans la balancelle sur la véranda de ses parents, une jambe repliée sous elle. Quand elle s'était installée, le siège était un peu humide : il était tombé une violente averse, mais les nuages se dissipaient et, derrière leur masse, elle apercevait les étoiles.

Avait-elle pris la bonne décision ? Pendant des jours – ce soir encore – elle en avait débattu seule. Maintenant, elle savait que jamais elle ne se le pardonnerait si elle laissait passer l'occasion.

Lon ignorait la véritable raison pour laquelle elle partit le lendemain matin. La semaine précédente, elle lui avait laissé entendre qu'elle aurait peut-être envie d'aller faire la tournée des antiquaires près de la côte.

– C'est l'affaire de deux ou trois jours. D'ailleurs, j'ai besoin de m'arracher un peu aux préparatifs du mariage.

Elle se sentait moche de mentir ainsi, mais elle savait qu'il était absolument impossible de lui avouer la vérité. Lon n'était pour rien dans ce départ ; ce ne serait pas honnête de lui demander de comprendre.

Le voyage jusqu'à Raleigh lui prit à peine plus de deux heures. Elle arriva peu avant onze heures. Elle descendit dans un petit hôtel en ville. Dans sa chambre, elle défit sa valise, accrocha ses robes dans la penderie et rangea tout le reste dans les tiroirs. Elle déjeuna sur le pouce, demanda à la serveuse de lui indiquer les antiquaires les plus proches, puis passa les quelques heures suivantes à faire les magasins. À quatre heures et demie, elle était de retour dans sa chambre.

S'asseyant au bord du lit, elle décrocha le téléphone et appela Lon. Il ne pouvait pas lui parler longtemps ; on l'attendait au tribunal : une affaire à plaider. Avant de raccrocher, elle lui donna le numéro de téléphone de l'hôtel et promit de le rappeler le lendemain. « Bon, songea-t-elle en reposant le combiné. Une conversation banale, rien d'extraordinaire. Rien qui soit susceptible d'éveiller ses soupçons. »

Voilà près de quatre ans qu'elle le connaissait. Ils s'étaient rencontrés en 1942. Le monde était en guerre et l'Amérique mobilisée depuis un an. Chacun accomplissait son devoir et elle s'était engagée comme volontaire à l'hôpital de la ville. Elle s'y rendait utile et on l'appréciait, mais c'était plus dur qu'elle ne l'aurait cru. Les premiers blessés étaient rapatriés, et elle passait ses journées au milieu d'hommes brisés et de corps mutilés. Quand Lon, avec tout son charme naturel, s'était présenté à elle, au cours d'une soirée de Noël, elle avait vu en lui exactement ce qu'il lui fallait : quelqu'un d'optimiste et dont le sens de l'humour dissipait toutes les craintes qu'elle éprouvait.

Lon était beau garçon, intelligent, ambitieux. De huit ans son aîné, brillant avocat, il exerçait son métier avec passion ; il ne se contentait pas de gagner des procès, il se faisait aussi un nom. Elle comprenait son acharnement à réussir, car son propre père et la plupart des hommes de son milieu étaient taillés sur le même modèle. Lon avait été élevé dans le système de castes du Sud, où le nom qu'on portait et les signes de réussite étaient souvent déterminants dès lors qu'on pensait au mariage. Dans certains cas, c'étaient même les seules choses qui comptaient.

Certes, elle s'était depuis l'enfance révoltée contre cette idée et était sortie avec quelques hommes dont le moins qu'on puisse dire était qu'ils étaient casse-cou et insouciants. Cependant, elle avait été attirée par l'aisance de Lon et, peu à peu, en était arrivée à l'aimer. Il avait beau travailler très tard, il trouvait tout de même le temps d'être gentil avec elle. C'était un gentleman, tout à la fois mûr et responsable. Pendant les terribles moments de la guerre, quand elle avait eu besoin de s'appuyer sur quelqu'un, pas une fois il ne s'était dérobé. Avec lui, elle se sentait en sécurité. Elle savait qu'il l'aimait, et, pour cela, elle avait accepté sa demande en mariage.

En se rappelant tout cela, elle se sentit coupable d'être ici. Elle devrait boucler sa valise et partir. Elle l'avait déjà fait une fois, voilà bien longtemps... Si elle partait maintenant, elle n'aurait pas le courage de revenir. Elle en était certaine. Elle prit son sac à main, hésita, atteignit presque la porte... Mais c'était une coïncidence qui l'avait amenée ici ! Elle reposa son sac, comprenant une fois de plus que, si elle renonçait maintenant, elle se demanderait toujours ce qui se serait passé. Et elle se sentait incapable de vivre avec ce doute.

Elle passa dans la salle de bains, se fit couler un bain, vérifia la température. Tout en traversant la chambre en direction de la coiffeuse, elle ôta ses boucles d'oreilles en or. Dans sa trousse à maquillage elle prit un rasoir et une savonnette, puis se déshabilla devant la commode.

Depuis qu'elle était jeune fille on lui disait

qu'elle était belle. Elle s'observa dans la glace : un corps ferme et bien proportionné, des seins doucement arrondis, le ventre plat, des jambes fines. De sa mère elle avait hérité les pommettes saillantes, la peau lisse et les cheveux blonds. Mais ce qu'elle avait de mieux était bien à elle : ses yeux. « Des yeux comme les vagues de l'océan », se plaisait à dire Lon.

Dans la salle de bains, elle posa une serviette à portée de main et entra avec précaution dans la baignoire.

Prendre un bain la détendait. Elle se laissa glisser dans l'eau. Quelle longue journée ! Elle avait le dos crispé, mais elle était contente d'avoir terminé ses courses si rapidement. Il lui fallait rentrer à Raleigh avec quelque chose de tangible, et les objets qu'elle avait trouvés feraient parfaitement l'affaire. Ah ! ne pas oublier de trouver les noms de quelques autres magasins de la région... Non, ce ne serait pas la peine : Lon n'était pas du genre à vérifier ses dires.

Elle se couvrit les jambes de mousse et entreprit de les raser, songeant à ses parents et à ce qu'ils penseraient de son comportement. Ils le désapprouveraient, sans aucun doute. Surtout sa mère : elle n'avait pas accepté ce qui était arrivé l'été qu'ils avaient passé ici et elle ne l'admettrait pas davantage aujourd'hui.

Elle resta encore un moment allongée dans le bain avant de se décider à en sortir. Elle se dirigea vers la penderie pour se chercher une robe. La jaune à jupe longue, avec un décolleté un peu plongeant ? Le genre de toilette qu'on portait souvent dans le Sud. Elle la passa et se regarda dans le miroir, se tournant d'un côté, puis de l'autre. Elle lui allait bien, la faisait paraître féminine. Mais non, elle ne la porterait pas...

Elle en choisit une moins habillée, moins décolletée. Bleu clair, avec un rien de dentelle, boutonnée devant. Pas tout à fait aussi jolie que la première, mais mieux adaptée aux circonstances.

Un peu de maquillage, maintenant un soupçon d'ombre à paupière et de mascara pour faire ressortir ses yeux. Une goutte de parfum, pas trop. Une paire de boucles d'oreilles, des petits anneaux. Elle chaussa les sandales beige à talons plats qu'elle portait tout à l'heure. Elle brossa ses cheveux blonds, les releva avec une épingle et se regarda dans le miroir. Non...

Elle les laissa retomber. C'était mieux.

Quand elle eut terminé, elle recula et jeta un regard critique à son image. Rien à redire : pas trop habillée, pas trop décontractée. Elle ne voulait pas en faire trop. Après tout, elle ne savait pas à quoi s'attendre. Cela faisait longtemps – sans doute trop longtemps – et il aurait pu se passer bien des choses... Elle préférait ne pas y penser.

Baissant les yeux, elle vit que ses mains tremblaient. Elle rit. Bizarre ! normalement, elle n'était pas aussi nerveuse. Comme Lon, elle avait toujours été sûre d'elle, même enfant. Elle s'en souvenait, ç'avait été parfois un problème : elle intimidait la plupart des garçons de son âge.

Elle prit son sac et ses clés de voiture, puis la clé de la chambre. Elle la retourna deux ou trois fois dans sa main en se disant : « Tu es allée jusque-là, tu ne vas pas renoncer maintenant ! » Mais elle revint s'asseoir sur le lit. Elle jeta un coup d'œil à sa montre. Presque six heures. Elle savait qu'elle devrait partir dans quelques minutes – elle ne voulait pas arriver après la tombée de la nuit –, mais elle avait besoin d'encore un peu de temps.

« Bon sang, qu'est-ce que je fais ici ? Ça n'a aucun sens. » Mais ce n'était pas vrai : il y avait quelque chose, ici. Au moins la réponse à ses questions, à défaut d'autre chose...

Elle ouvrit son sac et fouilla à l'intérieur jusqu'à ce qu'elle mette la main sur une feuille de journal pliée en quatre. Elle la sortit lentement, presque avec respect, en prenant soin de ne pas la déchirer, puis elle la déplia et la contempla un moment. « Voilà pourquoi. Voilà de quoi il s'agit. »

Noah se leva à cinq heures et s'en alla faire du

kayak pendant une heure sur Brice Creek, comme il en avait l'habitude. Puis il passa sa tenue de travail, réchauffa quelques biscuits de la veille, éplucha deux pommes et arrosa le tout de deux tasses de café.

Il se remit au travail sur la clôture, réparant la plupart des poteaux qui en avaient besoin. C'était l'été indien, la température dépassait vingt-cinq degrés et, à l'heure du déjeuner, il était en nage, épuisé et heureux de cette pause.

Il s'installa au bord du ruisseau. Les mulets sautaient dans l'eau. Il aimait bien les regarder faire trois ou quatre bonds et planer dans l'air avant de disparaître au fond de l'eau saumâtre. Il avait toujours été enchanté à l'idée que leur instinct n'avait pas changé depuis des milliers, peut-être même des dizaines de milliers d'années.

Il se demandait parfois si les instincts de l'homme avaient évolué durant cette période, et il en arrivait toujours à la conclusion que non. En tout cas, pas les instincts fondamentaux, les instincts de base. L'homme avait toujours été agressif, avait toujours cherché à dominer, à contrôler le monde. La guerre en Europe et au Japon en était une preuve.

Noah s'arrêta de travailler peu après trois heures et alla jusqu'à une petite cabane construite auprès de son appontement. Il entra, trouva sa canne à pêche, quelques leurres et des grillons vivants qu'il gardait dans une boîte. Puis il s'avança jusqu'au ponton, amorça son hameçon et lança sa ligne.

Pêcher le faisait toujours réfléchir sur sa vie. Après la mort de sa mère, il avait séjourné dans une douzaine de maisons différentes et s'était mis à bégayer terriblement. On le taquinait à cause de cela. Il parla alors de moins en moins et, à cinq ans, il ne parlait plus du tout. Quand il commença à aller en classe, ses maîtres crurent qu'il était retardé et conseillèrent de le retirer de l'école.

Au lieu de cela, son père prit l'affaire en main. Il continua à envoyer Noah à l'école et, après les cours, il le faisait venir sur le chantier où il travaillait, pour l'aider à traîner et à entasser le bois.

– C'est bien qu'on passe un peu de temps ensemble, tout comme on le faisait, mon père et moi, disait-il, tandis qu'ils travaillaient côte à côte.

Son père lui parlait des oiseaux et des animaux, il lui racontait des récits et des légendes de Caroline du Nord. Au bout de quelques mois, Noah s'était remis à parler tant bien que mal, et son père décida de lui apprendre à lire dans des recueils de poésie.

– Lis tout haut et tu pourras dire tout ce que tu voudras.

Une fois de plus son père avait raison : l'année suivante, Noah ne bégayait plus. Mais il continua d'aller chaque jour au chantier, simplement pour y retrouver son père. Le soir, il lisait tout haut les œuvres de Whitman et de Tennyson tandis que son père se balançait auprès de lui dans son fauteuil. Depuis, Noah n'avait jamais cessé de lire de la poésie.

Quand il fut un peu plus grand, il passait seul le plus clair de ses week-ends et de ses vacances. Il explora la forêt dans son premier canoë, en suivant Brice Creek sur une trentaine de kilomètres jusqu'au moment où il était impossible d'aller plus loin. Il parcourait alors à pied les derniers kilomètres jusqu'à la côte. Il se passionna pour le camping et l'exploration. Il passait des heures dans la forêt, assis sous des chênes verts, à siffloter et à jouer de la guitare pour les castors, les oies et les hérons cendrés. Les poètes savent qu'il est bon pour l'âme de s'isoler dans la nature, loin des hommes et de leurs créations, et Noah s'identifiait toujours aux poètes.

Il était quelqu'un de tranquille, cependant les années passées sur le chantier, à soulever des madriers, l'aidèrent à briller dans les sports, et ses succès en athlétisme le rendirent populaire. Il aimait les matchs de football et les rencontres sportives, mais il se joignait rarement à ses coéquipiers, qui passaient ensemble leurs moments de liberté. Parfois, ceux-ci le trouvait arrogant ; le plus souvent, ils se disaient que Noah avait mûri un peu plus vite qu'eux. Il eut quelques petites amies au collège, mais aucune n'avait fait vraiment d'impression sur lui. Sauf une. C'était après l'université.

Allie.

Il se rappelait avoir parlé d'Allie à Fin quand ils avaient quitté la fête, ce premier soir. Fin s'était mis à rire. Ensuite, il avait fait deux prédictions. La première, c'était qu'ils allaient tomber amoureux, et la seconde, que ça ne marcherait pas.

Il y eut une petite touche sur sa ligne. Noah espérait ferrer une grosse perche, mais les petites saccades cessèrent. Il rembobina son fil, vérifia que l'appât était toujours là et relança sa ligne.

Fin avait eu doublement raison. Pendant presque tout l'été, Allie avait dû inventer des prétextes pour ses parents chaque fois qu'elle avait rendez-vous avec Noah. Ce n'était pas qu'ils ne l'aimaient pas, simplement Noah n'était pas de leur monde. Il était trop pauvre, et jamais ils ne donneraient leur accord si leur fille se mettait à avoir des projets sérieux avec quelqu'un comme lui.

– Je me fiche de ce que pensent mes parents, je t'aime et je t'aimerai toujours, disait-elle. Nous trouverons bien un moyen d'être ensemble.

Mais ils n'y étaient pas arrivés. Au début de septembre, le tabac était récolté, et elle n'avait eu d'autre choix que de rentrer avec sa famille à Winston-Salem.

– C'est seulement l'été qui finit, Allie, pas nous, lui avait-il murmuré le matin de son départ. Nous, ça ne finira jamais.

Ça s'était pourtant terminé. Pour une raison qu'il ne comprenait pas bien, les lettres qu'il écrivait restaient sans réponse.

Il s'était décidé à quitter New Bern pour essayer de l'oublier, mais aussi parce qu'avec la Crise il y était presque impossible de gagner sa vie. Il se rendit à Norfolk, où il travailla six mois sur un chantier naval avant d'être licencié. Ensuite, il partit pour le New Jersey car il avait entendu dire que la situation économique n'y était pas trop mauvaise.

Il finit par trouver du travail chez un ferrailleur. Le patron, un juif du nom de Morris Goldman, convaincu qu'une guerre allait éclater en Europe et qu'une fois de plus l'Amérique serait entraînée dans le conflit, tenait à récupérer autant de métal que possible. Noah, lui, se fichait pas mal de ses raisons. Il était simplement content d'avoir du boulot.

Les années passées sur le chantier de bois l'avaient habitué à ce genre d'activité, et il travaillait dur. Non seulement ça l'aidait à ne pas penser à Allie durant la journée, mais il estimait que c'était son devoir. Son père lui avait toujours dit :

– Il faut donner une journée de travail pour une journée de paye. En faire moins, c'est voler.

Morris Goldman appréciait cette attitude.

– Dommage que tu ne sois pas juif, disait-il, tu es un garçon si bien à tant d'égards.

C'était le plus beau compliment que Goldman pouvait faire.

Noah continuait à penser à Allie, surtout le soir. Il lui écrivait une fois par mois, sans jamais recevoir de réponse. Il finit par lui adresser une dernière lettre et se força à accepter l'idée qu'ils ne partageraient jamais plus un autre été comme celui qu'ils avaient passé ensemble.

Malgré tout, il ne l'oubliait pas. Trois ans après cette dernière lettre, il se rendit à Winston-Salem dans l'espoir de la trouver. Il alla jusqu'à sa maison, apprit qu'elle avait déménagé et, après avoir parlé à des voisins, finit par appeler les ateliers Reynolds. La standardiste était une nouvelle ; le nom ne lui disait rien, mais elle chercha pour lui dans les dossiers du personnel. Elle découvrit que le père d'Allie avait démissionné et qu'il n'avait pas laissé d'adresse où faire suivre son courrier. Ce fut la première et la dernière fois que Noah chercha à la revoir.

Durant les huit années suivantes, il travailla

pour Goldman. Au début, il n'était qu'un employé parmi douze, mais, au fil des ans, l'entreprise se développa et il prit de l'avancement. En 1940, il connaissait à fond le métier et gérait l'affaire ; il négociait les marchés avec les courtiers et dirigeait une équipe de trente personnes. Le chantier était devenu la plus grande entreprise de ferraille de la côte est.

Pendant cette période, il était sorti avec un certain nombre de femmes. Il eut une liaison sérieuse avec l'une d'entre elles, une serveuse du petit restaurant local, aux yeux d'un bleu profond et aux cheveux noirs et soyeux. Ils s'étaient fréquentés pendant deux ans et ils avaient passé beaucoup de bons moments ensemble, mais jamais il n'avait éprouvé pour elle les mêmes sentiments que pour Allie.

Cependant, il n'avait jamais oublié cette compagne. Elle avait quelques années de plus que lui et c'était elle qui lui avait appris comment donner du plaisir à une femme, où la caresser et l'embrasser, les mots à lui chuchoter. Il leur arrivait parfois de passer toute une journée au lit, dans les bras l'un de l'autre, à faire l'amour d'une façon qui les satisfaisait pleinement tous les deux.

Elle avait toujours su qu'ils ne passeraient pas leur vie ensemble. Vers la fin de leur liaison, elle lui dit :

– J'aurais bien voulu te donner ce que tu cherches, mais je ne sais pas ce que c'est. Il y a une partie de toi que tu gardes fermée à tout le monde, moi y compris. J'ai l'impression de ne pas être celle avec qui tu es vraiment. Tu as l'esprit ailleurs, tu es avec une autre.

Il essaya de nier, mais elle ne le croyait pas.

– Je suis une femme... je connais ces choses-là. Quelquefois, quand tu me regardes, je sais que tu vois quelqu'un d'autre. J'ai tout le temps l'impression que tu attends qu'elle jaillisse de nulle part pour t'arracher à tout ça...

Un mois plus tard, elle vint le voir à son travail pour lui déclarer qu'elle avait rencontré un autre garçon. Il comprit. Ils se séparèrent bons amis, et, l'année suivante, il reçut d'elle une carte postale lui annonçant son mariage. Il n'avait pas entendu parler d'elle depuis lors.

Quand il était dans le New Jersey, il allait une fois par an, aux environs de Noël, rendre visite à son père. Il passait quelque temps à pêcher, à discuter, et il leur arrivait même de faire un voyage jusqu'à la côte pour aller camper sur les Outer Banks, près d'Ocracoke.

En décembre 1941, la guerre éclata, comme Goldman l'avait prédit. Noah avait vingt-six ans. Le mois suivant, il avertit son patron de son intention de s'engager, puis il repartit pour New Bern afin de dire au revoir à son père. Cinq semaines plus tard, il se retrouva dans un camp d'entraînement. Il y reçut une lettre de Goldman le remerciant de son travail, ainsi qu'une copie d'un certificat lui attribuant un petit pourcentage de l'affaire de casse si jamais on la vendait. « Je n'aurais pas pu y arriver sans toi, disait la lettre. Tu es le meilleur jeune homme qui ait jamais travaillé pour moi, même si tu n'es pas juif. »

Il passa les trois années suivantes avec la IIIe armée de Patton, à crapahuter au milieu des déserts d'Afrique du Nord et des forêts d'Europe avec trente livres sur le dos, dans une unité d'infanterie qui n'était jamais loin des premières lignes. Il vit ses amis mourir autour de lui. Il en vit certains enterrés à des milliers de kilomètres de chez eux. Un jour où il était terré dans un coin de tranchée près du Rhin, il crut apercevoir Allie qui veillait sur lui.

La guerre prit fin en Europe, puis, quelques mois plus tard, au Japon. Juste avant d'être démobilisé, Noah reçut une lettre d'un avocat du New Jersey représentant Morris Goldman. Quand il rendit visite à l'homme de loi, il apprit que Goldman était mort un an auparavant. L'affaire avait été vendue, et l'avocat remit à Noah un chèque de près de soixante-dix mille dollars. Cela laissa Noah étrangement indifférent.

La semaine suivante, il rentra à New Bern et acheta la maison. Il y amena son père un peu plus tard, afin de lui montrer ce qu'il comptait en faire et les changements qu'il avait l'intention d'effectuer. Comme ils se promenaient dans la propriété, son père lui avait paru affaibli, il toussait et avait la respiration un peu sifflante. Noah était préoccupé, mais son père lui demanda de ne pas s'inquiéter, en lui affirmant qu'il avait la grippe.

Moins d'un mois plus tard, son père mourut d'une pneumonie. Il fut enterré auprès de sa femme, dans le cimetière local. Noah s'efforçait d'y passer régulièrement pour déposer des fleurs. De temps en temps, il laissait un mot. Chaque soir, sans exception, il consacrait un moment à se souvenir de lui, puis disait une prière pour l'homme qui lui avait appris tout ce qui comptait.

Noah rembobina sa ligne, rangea son matériel et regagna la maison. Sa voisine, Martha Shaw, l'attendait : elle lui apportait trois miches de pain qu'elle avait préparées elle-même et des biscuits pour le remercier de ce qu'il avait fait. Son mari avait été tué à la guerre, la laissant avec trois enfants et une baraque délabrée pour les élever. L'hiver arrivait et Noah avait passé quelques jours chez elle la semaine précédente à réparer son toit, à remplacer des carreaux cassés, à enduire les autres de mastic et à arranger son poêle à bois.

Avec un peu de chance, ça leur permettrait de passer l'hiver.

Quand elle fut partie, il monta dans sa vieille camionnette Dodge et alla voir Gus. Il s'arrêtait toujours chez lui quand il se rendait au magasin parce que la famille de Gus ne possédait pas de voiture. Une des filles sauta sur la banquette pour faire le trajet avec lui et ils effectuèrent leurs achats à l'épicerie Capers. Rentré chez lui, il ne rangea pas tout de suite les provisions. Il préféra se doucher, puis il ouvrit une canette de bière, prit un livre de Dylan Thomas et alla s'asseoir sur la véranda.

Elle avait encore du mal à y croire, même si elle tenait la preuve entre ses mains.

Elle avait vu l'article chez ses parents, trois dimanches plus tôt. Elle s'était rendue dans la cuisine chercher une tasse de café et, quand elle était revenue à table, son père lui avait montré en souriant une petite photo dans le journal.

– Tu te souviens ?

Elle y avait jeté un premier coup d'œil sans intérêt, puis quelque chose sur le cliché avait attiré son regard et elle l'avait examiné de plus près.

– Ce n'est pas possible, avait-elle murmuré.

Son père la regarda avec curiosité, elle l'ignora,

s'assit et sans un mot lut l'article. Elle se souvenait vaguement que sa mère était venue s'asseoir en face d'elle. Quand elle reposa le journal, sa mère la dévisageait avec la même expression que son père quelques instants plus tôt.

– Ça va ? lui demanda sa mère en buvant son café. Tu es un peu pâle.

Elle ne répondit pas tout de suite. Elle en aurait été incapable. Elle remarqua alors que ses mains tremblaient. C'était à ce moment-là que tout avait commencé.

– De toute façon, ça se terminera ici, d'une manière ou d'une autre, murmura-t-elle, en repliant l'article pour le ranger dans son sac.

Plus tard, ce jour-là, elle avait quitté la maison de ses parents en emportant le journal afin de pouvoir découper l'article. Elle l'avait relu avant de se coucher, songeant à cette coïncidence. Elle l'avait lu encore une fois le lendemain matin, comme pour s'assurer que ce n'était pas un rêve. Aujourd'hui, après trois semaines de longues promenades solitaires, après trois semaines où elle avait essayé de penser à autre chose, elle était venue ici.

Quand on l'interrogeait, elle déclarait que son attitude un peu bizarre était due à la tension. C'était l'excuse rêvée, tout le monde l'acceptait, y compris Lon. C'est pour cela qu'il n'avait pas discuté quand elle avait voulu s'absenter pour deux ou trois jours. Les préparatifs du mariage étaient si stressants ! Près de cinq cents invités, dont le gouverneur, un sénateur et l'ambassadeur des États-Unis au Pérou. Beaucoup trop, à son goût. Mais leurs fiançailles avaient fait l'objet de toutes les conversations et la une des chroniques mondaines depuis qu'ils avaient annoncé leurs projets, six mois plus tôt. De temps en temps, l'envie lui prenait de s'enfuir avec Lon pour aller se marier sans tout ce tintouin. Mais il ne serait pas d'accord ; politicien ambitieux, il adorait être le centre de l'attention.

Elle prit une profonde inspiration et se releva. « C'est maintenant ou jamais. » Elle saisit ses affaires, se dirigea vers la porte, marqua une brève pause avant de l'ouvrir, puis descendit l'escalier. Le directeur lui sourit quand elle passa, et elle sentait encore son regard sur elle tandis qu'elle avançait vers sa voiture. Elle se glissa derrière le volant, se regarda une dernière fois dans le rétroviseur, puis mit le moteur en marche et tourna à droite en direction de Front Street.

Cela ne l'étonnait pas de retrouver si facilement son chemin... Elle n'était pas venue ici depuis des années, mais la ville n'était pas grande et elle naviguait sans mal dans les rues. Après avoir franchi la Trent sur un vieux pont basculant, elle s'engagea sur une route non empierrée pour attaquer la dernière étape de son voyage.

Que le bas pays était beau ! Il l'avait toujours été. Contrairement à la région du Piedmont, où elle avait grandi, le paysage était plat, mais la terre, fertile et couverte de limon, était idéale pour le coton et le tabac. C'étaient ces deux cultures et l'abattage du bois qui faisaient vivre les bourgs dans cette partie de l'État. En suivant cette route à la sortie de la ville, elle admira la beauté qui avait attiré ici les premiers colons.

À ses yeux, rien n'avait été modifié. Illuminant les couleurs de l'automne, des rais de soleil filtraient encore à travers les feuillages des chênes noirs et des noyers hauts de trente mètres. Sur sa gauche, une rivière couleur d'argent virait vers la route puis s'en détournait avant d'offrir ses eaux au fleuve, à moins de deux kilomètres de là. La route serpentait entre des fermes datant d'avant la guerre de Sécession. Pour certains fermiers, la vie n'avait pas changé depuis la naissance de leurs grands-parents. Cette impression de continuité fit remonter en elle un flot de souvenirs. Son cœur se serra tandis que, l'un après l'autre, elle reconnaissait les repères qu'elle avait effacés de sa mémoire.

Le soleil brillait juste au-dessus des arbres, à sa gauche et, à la sortie d'un virage, elle aperçut une vieille église, abandonnée depuis des années mais toujours debout. Elle l'avait explorée, cet été-là, en quête de traces de la guerre de Sécession. En passant devant, elle se remémora les détails de cette journée comme si elle datait de la veille.

Un chêne majestueux apparut sur la berge de la rivière. Les souvenirs se firent plus forts. L'arbre semblait toujours le même : sa ramure basse et drue s'allongeait à l'horizontale au-dessus du sol, des traînées de mousse étaient drapées sur ses branches comme un voile. Elle se rappelait s'être assise au pied de l'arbre par une chaude journée de juillet, au côté d'un être qui la regardait avec un tel désir qu'elle avait oublié tout le reste. Pour la première fois, elle était tombée amoureuse.

Il avait deux ans de plus qu'elle et, tandis que, en suivant cette route, elle remontait le temps, son image lentement se précisa de nouveau. Elle se souvenait de s'être dit qu'il paraissait toujours plus âgé qu'il ne l'était vraiment. Il avait l'air de quelqu'un d'un peu patiné par les éléments, comme un fermier qui rentre chez lui après des heures passées aux champs. Il avait les mains calleuses et les larges épaules de ceux qui travaillent dur pour gagner leur vie. Les premières petites rides commençaient à se dessiner autour de ses yeux sombres qui semblaient lire en elle chacune de ses pensées.

Il était grand et fort, avec des cheveux châtain

clair. Il était beau à sa façon, mais c'était sa voix dont elle se souvenait le plus. Il lui avait fait la lecture, ce jour-là. Tandis qu'ils étaient allongés dans l'herbe sous les branches de l'arbre, il lui avait lu des textes avec un accent doux et fluide, presque musical. Le genre de voix faite pour la radio : elle semblait flotter dans l'air. Allie avait fermé les yeux pour laisser les mots glisser jusqu'à son âme :

> M'aspire suasivement aux brumes du crépuscule.
> Air je m'en vais, secoue mes mèches blanches en direction du soleil fuyard... [1]

Il feuilletait de vieux bouquins aux pages écornées, des livres lus cent fois. Il lisait à voix haute un moment, puis il s'arrêtait et ils discutaient tous les deux. Elle lui racontait ses espoirs et ses rêves ; il l'écoutait attentivement, puis il lui promettait que tout cela arriverait. Il avait une façon de le dire qui l'obligeait à lui faire confiance. Elle comprit alors ce qu'il représentait pour elle. De temps en temps, quand elle l'interrogeait, il parlait de lui ou bien il expliquait pourquoi il avait choisi tel poème en particulier et ce qu'il en pensait. À d'autres moments, il se contentait de la dévisager avec ce regard intense qu'il avait.

---

1. Walt Whitman, « Song of Myself » dans *Feuilles d'herbe*, Grasset. traduction de Jacques Darras.

Ce soir-là, ils admirèrent le coucher de soleil, puis dînèrent à la belle étoile. Il se faisait tard et elle savait que ses parents seraient furieux s'ils apprenaient où elle était. Mais, à ce moment-là, ça lui était complètement égal. Elle ne pensait qu'à une chose : comme cette journée avait été spéciale, comme lui était spécial. Quelques minutes plus tard, quand ils repartirent vers la maison de ses parents, il lui prit la main. Pendant tout le trajet du retour, elle se sentit le cœur réchauffé.

Un autre tournant... Elle aperçut la maison. Le bâtiment avait changé de façon spectaculaire. Elle ralentit, s'engagea dans la longue allée bordée d'arbres conduisant à ce phare dont le signal l'avait appelée depuis Raleigh.

Elle roulait lentement, sans quitter la maison des yeux. Elle prit une profonde inspiration quand elle le vit sur la véranda, qui la regardait arriver. Il était habillé sans recherche. De loin, il paraissait le même qu'autrefois. Un instant, quand la lumière du soleil se trouva derrière lui, on aurait presque dit qu'il avait disparu pour se fondre dans le décor.

La voiture continua de rouler doucement, puis finit par s'arrêter sous un chêne qui donnait de l'ombre à la façade de la maison. Sans jamais cesser de l'observer, elle coupa le contact.

Il descendit de la véranda et s'approcha à sa rencontre, d'une démarche souple. En la voyant descendre de voiture il s'arrêta net. Un long moment, ils furent incapables de rien faire d'autre que de se dévisager sans bouger.

Allison Nelson, jeune femme du monde de vingt-neuf ans, fiancée, en quête des réponses qui lui étaient nécessaires.

Noah Calhoun, le rêveur, trente et un ans, qui recevait la visite du fantôme qui dominait son existence.

Réunion

Immobiles, ils restaient face à face.

Il ne disait rien, ses muscles semblaient pétrifiés et, une seconde, elle crut qu'il ne la reconnaissait pas. Elle se reprocha soudain de surgir ainsi, sans prévenir, et cela rendit les choses encore plus difficiles. Elle avait pensé que ce serait plus simple, qu'elle saurait quoi dire. Mais non... Toutes les idées qui lui passaient par la tête semblaient inadaptées, comme s'il leur manquait quelque chose.

Les souvenirs de l'été qu'ils avaient partagé affluèrent à son esprit. Comme il avait peu changé ! Il semblait en bonne forme. Sous la chemise vaguement enfoncée dans de vieux jeans fanés, les mêmes larges épaules. Et le torse qui s'amincissait jusqu'à des hanches étroites et un ventre plat. Le teint hâlé, comme s'il avait travaillé dehors tout l'été. Ses cheveux un peu plus clairsemés et plus blonds... Il avait à peu près la même expression que quand elle l'avait rencontré.

Lorsque enfin elle fut prête, elle prit une profonde inspiration et sourit :

– Bonjour, Noah, je suis contente de te revoir.

Cette remarque le surprit et il la regarda d'un air étonné. Puis, après avoir un peu secoué la tête, il se mit lentement à sourire.

– Oh ! oui... balbutia-t-il.

Il porta la main à son menton ; elle observa qu'il ne s'était pas rasé.

– C'est bien toi, n'est-ce pas ? Je n'arrive pas à y croire.

Elle perçut le choc dans sa voix quand il parla. Brutalement, tout la frappa : être ici, le voir. Elle sentit quelque chose se crisper en elle, quelque chose de profond, d'ancien, qui, juste une seconde, la laissa tout étourdie.

Elle se reprit, luttant pour se maîtriser. Elle ne s'attendait pas à cela. Elle ne voulait pas que ça arrive. Elle était fiancée, maintenant. Elle n'était pas venue ici pour ça... et pourtant...

Pourtant...

Pourtant la sensation persistait malgré ses efforts. Voilà des années qu'elle ne l'avait pas éprouvée.

Elle se retrouva à quinze ans.

Avec l'impression que tous ses rêves pouvaient encore se réaliser.

Avec le sentiment d'être enfin arrivée chez elle.

Sans un mot de plus, ils s'approchèrent l'un de l'autre comme si c'était la chose la plus naturelle du monde. Il la prit dans ses bras en l'attirant contre lui. Enlacés, ils transformèrent le rêve en réalité : ils laissèrent ces quatorze années de séparation se fondre dans le crépuscule qui tombait.

Ils restèrent ainsi un long moment puis elle se dégagea légèrement pour le regarder. De près, elle remarqua les changements qu'elle n'avait pas aperçus au premier abord. C'était un homme, maintenant : son visage avait perdu la douceur de la jeunesse. Les petites rides autour de ses yeux s'étaient creusées, et il avait au menton une cicatrice qui n'y était pas autrefois. Il y avait quelque chose de plus tranchant chez lui : il paraissait moins innocent, plus sur ses gardes. Pourtant, la façon dont il la serrait lui fit comprendre à quel point il lui avait manqué.

Quand ils se séparèrent enfin, elle avait les yeux pleins de larmes. Elle étouffa un petit rire nerveux tout en s'essuyant le coin des paupières.

– Ça va ? demanda-t-il, mille autres questions se peignant sur son visage.

– Je suis désolée, Je n'avais pas l'intention de pleurer...

– Ce n'est pas grave, dit-il en souriant. Je n'arrive toujours pas à croire que c'est bien toi. Comment m'as-tu trouvé ?

Elle s'éloigna d'un pas, s'efforçant de se calmer tout en essuyant les dernières larmes.

– J'ai lu l'article sur ta maison, dans le journal de Raleigh, il y a une quinzaine de jours. Il fallait que je te revoie.

Noah eut un grand sourire.

– Je suis content que tu l'aies fait. Il recula. Bon sang, tu es formidable. Tu es même plus jolie aujourd'hui que tu ne l'étais alors.

Elle sentit le sang lui monter au visage. Exactement comme il y a quatorze ans.

– Merci. Tu es superbe, toi aussi.

Indéniablement, les années l'avaient ménagé.

– Alors, qu'est-ce que tu deviens ? Pourquoi es-tu ici ?

Ses questions la ramenèrent au présent, lui firent comprendre ce qui risquait d'arriver si elle n'y prenait pas garde. « Ne laisse pas la situation t'échapper, se dit-elle. Plus ça se prolonge, plus ça va être dur. » Et cela, elle ne le voulait pas.

Mais, mon Dieu, ces yeux ! Ces yeux doux et sombres !

Elle détourna la tête et prit une profonde inspiration, en se demandant comment le lui annoncer. Quand enfin elle commença, ce fut d'un ton calme.

– Noah, avant que tu te fasses des idées... C'est vrai que j'avais envie de te revoir, mais il n'y a pas que ça. Elle s'interrompit une seconde. Je suis venue ici pour une raison précise. Je voulais te dire quelque chose.

– Quoi donc ?

Elle détourna les yeux et ne répondit pas immédiatement, étonnée de ne pas réussir à le lui avouer. Dans le silence, Noah sentit son cœur se serrer. Il ne savait pas de quoi il s'agissait, mais il sentait que ce n'était pas bon.

– Je ne sais pas comment te le dire. Au début, je croyais que ce serait facile, mais maintenant je n'en suis pas si sûre.

On entendit soudain le cri perçant d'un raton laveur, et Clem sortit de sous la véranda en grondant. Ils se tournèrent tous les deux vers elle. Allie fut ravie de cette diversion.

– C'est ton chien ?

Noah hocha la tête, le cœur toujours serré.

– C'est une chienne, Clementine. Oui, elle est à moi.

Tous deux regardèrent Clem s'ébrouer, s'étirer, puis partir dans la direction d'où venaient les sons. Allie tiqua un peu en la voyant boitiller.

– Qu'est-il arrivé à sa patte ? demanda-t-elle, cherchant à gagner du temps.

– Elle a été heurtée par une voiture il y a quelques mois. Doc Harrison, le véto, m'a appelé pour voir si je voulais la prendre parce que son maître n'avait plus envie de la garder. Quand j'ai vu ce qui s'était passé, j'ai pensé que je ne pouvais pas la laisser piquer.

– Tu as toujours eu bon cœur, dit-elle en essayant de se détendre.

Elle marqua un temps, puis jeta un coup d'œil à la maison derrière lui.

– Tu as fait un merveilleux travail de restauration. C'est absolument parfait... J'ai toujours su que tu y arriverais.

Il tourna la tête dans la même direction, tout en se posant des questions sur l'échange de banalités, en se demandant ce qu'elle lui cachait.

– Oh ! merci, c'est gentil de ta part. Ça a été un sacré travail ; je ne sais pas si je recommencerais.

– Bien sûr que si, dit-elle.

Elle devinait exactement ce qu'il éprouvait pour cette maison. Il est vrai qu'elle devinait toujours tout ce qu'il éprouvait – du moins autrefois.

Soudain elle comprit ce qui avait changé : ils étaient devenus des étrangers. Quatorze ans de séparation, c'était long. Trop long.

– Qu'y a-t-il, Allie ?

Il se tourna vers elle pour l'obliger à le regarder, mais elle continuait à fixer la maison.

– Je suis un peu idiote, non ? fit-elle en essayant de sourire.

– Qu'est-ce que tu veux dire ?

– Oh ! tout ça. Débarquer à l'improviste, ne pas savoir ce que je veux dire. Tu dois penser que je suis folle.

– Tu n'es pas folle, fit-il avec douceur.

Il lui prit la main et elle la lui abandonna tandis qu'ils restaient là, tout près l'un de l'autre. Il reprit :

– Même si je ne sais pas pourquoi, je vois bien que c'est difficile pour toi. Si on allait faire un tour ?

– Comme autrefois ?

– Pourquoi pas ? Je crois que ça nous ferait du bien à tous les deux.

Elle hésita et lança un regard vers la porte d'entrée.

– On n'a besoin de prévenir personne ?

Il secoua la tête.

– Non. Il n'y a que moi et Clem.

Tout en posant la question, elle se doutait bien qu'il n'y aurait personne d'autre. Au fond, elle ignorait quel effet ça lui faisait. Mais ça rendait un peu plus difficile ce qu'elle voulait lui avouer. Ç'aurait été plus facile s'il y avait eu quelqu'un d'autre.

Ils descendirent vers la rivière et s'engagèrent sur un chemin près de la berge. Elle lui lâcha la main, ce qui le surprit, et se mit à marcher avec juste assez de distance entre eux pour qu'ils ne puissent pas se toucher par inadvertance.

Il l'observa. Elle était toujours jolie, avec sa chevelure abondante, ses yeux doux, et elle évoluait avec une telle grâce qu'on aurait presque dit qu'elle glissait. Il en avait pourtant déjà vu, de belles femmes, des femmes qui avaient attiré son regard ! Mais, pour lui, il leur manquait en général les traits de caractère les plus séduisants : l'intelligence, l'assurance, la force d'âme, la passion. Des traits qui incitaient les autres à la grandeur, des traits qu'il aurait aimé retrouver chez lui.

Allie possédait toutes ces qualités, il le savait. Tout en marchant, il les sentit chez elle, juste sous la surface. « Un poème vivant » avaient toujours été les mots qui lui venaient à l'esprit quand il essayait de la décrire aux autres.

– Depuis combien de temps es-tu installé ici ? demanda-t-elle, tandis que le sentier cédait la place à un petit tertre herbu.

– Décembre dernier. J'ai travaillé un moment dans le Nord, et puis j'ai passé les trois dernières années en Europe.

Elle lui lança un regard interrogateur.

– La guerre ?

Il acquiesça et elle poursuivit :

– J'imaginais bien que tu devais être là-bas. Je suis contente que tu t'en sois tiré sans dommage.

– Moi aussi.

– Tu es heureux d'être rentré chez toi ?

– Oh ! oui. Mes racines sont ici. C'est ici ma place. Il marqua un temps. Mais, et toi ?

Il posa la question doucement, s'attendant au pire.

Elle mit un long moment à répondre.

– Je suis fiancée.

Il baissa les yeux quand elle prononça ces mots. Tout à coup, il se sentait faible. C'était donc ça ! C'était cela qu'elle avait besoin de lui annoncer...

– Félicitations, finit-il par dire, en se demandant à quel point son ton était convaincant. C'est pour quand, le grand jour ?

– Samedi, dans trois semaines. Lon voulait qu'on se marie en novembre.

– Lon ?

– Lon Hammond Junior, mon fiancé.

Il hocha la tête. Il n'était pas étonné. Les Hammond étaient une des familles les plus puissantes et les plus influentes de l'État. Ils avaient fait fortune dans le coton. Contrairement à celle de son propre père, la mort de Lon Hammond Senior avait fait la une du journal.

– J'ai entendu parler d'eux. Son père a monté une énorme affaire. Lon lui a succédé ?

Elle secoua la tête.

– Non, il est avocat. Il exerce en ville.

– Avec son nom, les clients ne doivent pas manquer.

– C'est vrai. Il travaille beaucoup.

Il crut percevoir quelque chose dans sa voix, et la question suivante lui vint machinalement aux lèvres.

– Il est gentil avec toi ?

Elle ne répondit pas immédiatement. On aurait dit que, pour la première fois, elle réfléchissait à la question. Puis elle dit :

– Oui. C'est quelqu'un de bien, Noah. Il te plairait.

Elle avait un ton un peu lointain quand elle répondit, ou du moins en eut-il l'impression. Noah se demanda s'il ne se faisait pas tout bonnement des idées.

– Comment va ton père ? demanda-t-elle.

Noah fit deux ou trois pas avant de répondre.

– Il est mort au début de cette année, juste après mon retour.

– Oh ! je suis désolée, murmura-t-elle.

Elle savait combien il comptait pour lui. Il hocha la tête et tous deux marchèrent un moment en silence.

Arrivés en haut du tertre, ils s'arrêtèrent. Ils apercevaient le chêne dans le lointain, et le soleil qui brillait derrière lui d'une lueur orange. En regardant dans cette direction, Allie sentait les yeux de Noah posés sur elle.

– On en a des souvenirs, là-bas, Allie.

Elle sourit.

– Je sais. Je l'ai vu en arrivant. Tu te souviens de la journée que nous y avons passée ?

– Oui.

– Tu y penses parfois ?

– De temps en temps. En général quand je travaille dans ce coin-là. Il est sur la propriété, maintenant.

– Tu l'as acheté ?

– Je ne pouvais pas supporter de le voir transformé en placards de cuisine.

Elle étouffa un petit rire : cette idée lui faisait étrangement plaisir.

– Tu lis toujours de la poésie ?

Il acquiesça.

– Oh ! oui. Je n'ai jamais cessé. Je crois que j'ai ça dans le sang.

– Tu sais, tu es le seul poète que j'aie jamais rencontré.

– Je ne suis pas un poète. Je lis, mais je ne suis pas capable d'écrire un vers. J'ai essayé.

– Tu es toujours un poète, Noah Taylor Calhoun. Sa voix prit des inflexions plus douces. J'y pense encore souvent. C'était la première fois que quelqu'un me lisait de la poésie. En fait, c'est la seule fois.

Sa remarque les entraîna tous deux dans le passé et les souvenirs. Ils revinrent lentement vers la maison, en suivant un autre chemin qui passait près du ponton. Le soleil descendit un peu plus bas, le ciel vira à l'orange. Noah demanda :

– Alors, combien de temps restes-tu ?

– Je ne sais pas. Pas longtemps. Peut-être jusqu'à demain ou après-demain.

– Ton fiancé est ici pour affaires ?

Elle secoua la tête

– Non, il est resté à Raleigh.

Noah haussa les sourcils.

– Est-ce qu'il sait que tu es ici ?

Elle secoua une nouvelle fois la tête et répondit lentement :

– Non. Je lui ai raconté que j'allais faire les antiquaires de la région. Il ne comprendrait pas que je vienne ici.

Noah fut un peu surpris de sa réponse. Venir lui rendre visite, c'était une chose ; mais c'en était une autre que de dissimuler la vérité à son fiancé.

– Tu n'étais pas obligée de venir m'annoncer que tu étais fiancée. Tu aurais pu m'écrire ou même me téléphoner.

– Bien sûr. Mais, je ne sais pas pourquoi, j'ai trouvé que je devais le faire en personne.

– Pourquoi ?

Elle hésita.

– Je ne sais pas... murmura-t-elle, sans terminer sa phrase.

À la façon dont elle l'avait dit, il la crut. Ils firent quelques pas en silence, le gravier crissant sous leurs pieds. Puis il demanda :

– Allie, est-ce que tu l'aimes ?

Elle répondit machinalement.

– Oui, je l'aime.

C'étaient des mots qui faisaient mal. Mais, une nouvelle fois, il crut percevoir quelque chose dans son ton, comme si elle essayait de se convaincre elle-même. Il s'arrêta et la prit doucement par les épaules pour l'obliger à lui faire face. Quand il parla, il vit la lumière du couchant se refléter dans ses yeux.

– Si tu es heureuse, Allie, et si tu l'aimes, je n'essaierai pas de t'empêcher de le rejoindre. Mais s'il y a une partie de toi qui n'est pas sûre, alors ne le fais pas. Ce n'est pas le genre de chose qu'on peut faire a moitié.

Elle répondit presque trop précipitamment.

– Je prends la bonne décision, Noah.

Il la dévisagea une seconde, se demandant s'il la croyait. Puis il hocha la tête et ils se remirent à marcher. Au bout d'un moment, il dit :

– Je ne te facilite pas les choses, hein ?

Elle eut un petit sourire.

– Oh ! ça ne fait rien. Je ne t'en veux pas.

– Je suis quand même désolé.

– Tu n'as aucune raison de l'être. C'est moi qui

devrais te présenter mes excuses. Peut-être que j'aurais dû t'écrire.

Il secoua la tête.

– Pour être franc, je suis content que tu sois venue. Malgré tout. Ça me fait plaisir de te revoir.

– Merci, Noah.

– Tu crois que ce serait possible de recommencer ?

Elle le regarda avec curiosité.

– Tu as été la meilleure amie que j'aie jamais eue, Allie. J'aimerais que nous restions amis, même si tu es fiancée, et même si ça n'est que pour deux ou trois jours. Et si on se mettait tout simplement à refaire connaissance ?

Elle réfléchit, se demandant si elle devait rester ou partir. Puis elle pensa que, puisqu'il savait qu'elle était fiancée, ça se passerait probablement bien. Ou, en tout cas, pas mal. Elle eut un petit sourire et hocha la tête.

– Ça me plairait bien.

– Bon. Si nous allions dîner ? Je connais un endroit où on sert les meilleurs crabes de la ville.

– Superbe ! Où ça ?

– Chez moi. J'ai posé des pièges toute la semaine et j'ai vu il y a deux jours que j'en avais pris quelques-uns assez beaux. Ça t'ennuie ?

– Non, ça me paraît super.

Il eut un sourire et, par-dessus son épaule, indiqua du pouce une direction.

– Parfait. Ils sont au ponton. J'en ai pour deux minutes.

Allie le regarda s'éloigner. La tension qu'elle avait éprouvée en lui annonçant ses fiançailles commençait à se dissiper. Fermant les yeux, elle se passa les mains dans les cheveux et laissa la brise lui rafraîchir les joues. Elle prit une profonde inspiration et retint son souffle un moment. Quand elle exhala, elle sentit les muscles de ses épaules s'assouplir. Puis, ouvrant les yeux, elle contempla la beauté qui l'entourait.

Elle avait toujours aimé les soirées comme celle-ci, où les doux vents du sud apportaient le parfum léger des feuilles d'automne. Elle aimait les arbres et le bruissement du feuillage ; en l'écoutant, elle se sentit encore plus détendue. Au bout d'un moment, elle se tourna vers Noah et l'examina presque comme un étranger.

Mon Dieu, qu'il était beau ! Même après tout ce temps.

Elle l'observa qui saisissait une corde pendant dans l'eau. Il la hala et, malgré l'obscurité qui tombait, elle vit les muscles de son bras se gonfler tandis qu'il sortait la cage de l'eau. Il la laissa un moment pendre au-dessus de la rivière en l'agitant pour l'égoutter. Posant le piège sur le ponton, il l'ouvrit et en retira les crabes l'un après l'autre, pour les placer dans un seau.

Elle s'avança vers lui, écoutant le grésillement des grillons et se rappelant quelque chose qu'elle avait appris dans son enfance. Elle compta le nombre de grésillements par minute et en retira dix-neuf : « Vingt et un degrés », se dit-elle en souriant. Elle ne savait pas si c'était exact, mais ça lui en donnait l'impression.

Tout en marchant, elle regardait autour d'elle. Elle se rendit compte qu'elle avait oublié comme tout ici paraissait frais et beau. Par-dessus son épaule, elle aperçut la maison dans le lointain. Noah avait laissé quelques lumières allumées et ce semblait être la seule maison à la ronde. La seule, en tout cas, avec l'électricité. Ici, en dehors de la ville, on n'était sûr de rien. À la campagne, des milliers de foyers ne pouvaient pas s'offrir le moindre luxe.

Elle progressa sur le ponton dont le bois craqua sous son pied. Le bruit lui évoqua celui d'un accordéon rouillé. Noah leva la tête et lui fit un clin d'œil, puis se remit à inspecter les crabes, pour s'assurer qu'ils étaient de la bonne taille. Elle alla jusqu'au fauteuil à bascule posé sur le ponton et laissa sa main courir le long du dossier. Elle l'imaginait assis là, à pêcher, à réfléchir, à lire. Le bois était vieux, fatigué par les intempéries, rugueux sous les doigts. Combien de temps passait-il ici, seul ? À quoi pensait-il dans ces moments-là ?

– C'était le fauteuil de mon père, dit-il sans lever les yeux, et elle hocha la tête.

Elle aperçut des chauves-souris qui volaient dans le ciel. Des grenouilles étaient venues se joindre au chœur nocturne des grillons.

Elle avança jusqu'à l'autre côté du ponton, avec le sentiment que quelque chose était terminé : un élan l'avait poussée jusqu'ici et, pour la première fois depuis trois semaines, ce sentiment avait disparu. Elle avait besoin, au fond, que Noah sache qu'elle était fiancée, qu'il comprenne sa décision, qu'il l'accepte – elle en était sûre, maintenant. Tout en pensant à lui, elle se rappela quelque chose qu'ils avaient partagé, un souvenir de cet été passé ensemble. Tête baissée, elle déambula à pas lents, cherchant jusqu'à ce qu'elle trouve l'inscription *Noah aime Allie,* à l'intérieur d'un cœur. Gravée dans le bois quelques jours avant son départ.

Un souffle de brise rompit le silence. Elle sentit le froid et croisa les bras. Elle resta ainsi, regardant tantôt l'inscription, tantôt la rivière, jusqu'au moment où elle l'entendit qui la rejoignait. Quand il parla, elle sentit sa présence toute proche et sa chaleur.

– C'est si paisible ici, dit-elle, d'une voix rêveuse.

– Je sais. Je viens souvent, juste pour être près de l'eau. Ça me fait me sentir bien.

– J'en ferais autant si j'étais à ta place.

– Bon, allons-y. Les moustiques commencent à s'énerver et je meurs de faim.

Le ciel était devenu noir. Noah se dirigea vers la maison, Allie auprès de lui. Dans le silence, elle laissait son esprit vagabonder et, tout en suivant le sentier, elle se sentait un peu étourdie. Que pensait-il de sa présence ici ? Elle-même n'était pas tout à fait sûre de le savoir... Quand ils arrivèrent à la maison, deux minutes plus tard, Clem les accueillit en fourrant son museau humide partout où il ne fallait pas. Noah lui fit signe de s'éloigner et elle partit, la queue entre les jambes.

Il désigna sa voiture à Allie :

– Tu n'as rien laissé là-dedans dont tu aies besoin ?

– Non, je suis arrivée plus tôt et j'ai déjà défait mes valises.

Elle trouvait qu'elle avait une voix différente, comme si les années, soudain, s'étaient effacées.

– Très bien, dit-il.

Arrivé à la véranda de derrière, il posa le seau près de la porte, puis la précéda à l'intérieur, se dirigeant vers la cuisine. C'était, tout de suite à droite, une grande pièce qui sentait le bois neuf. Les meubles étaient en chêne, comme le plancher, et les grandes fenêtres étaient orientées à l'est, laissant pénétrer la lumière du soleil matinal. Elle avait été restaurée avec goût, sans excès, comme c'était souvent le cas quand on reconstruisait des maisons comme celle-ci.

– Tu permets que je jette un coup d'œil ?

– Mais oui, vas-y. J'ai fait des courses tout à l'heure, il faut encore que je range les provisions.

Leurs regards se croisèrent une seconde ; Allie vit en se retournant qu'il continuait à l'observer tandis qu'elle sortait de la pièce. De nouveau elle sentit en elle cette petite crispation.

Cela lui prit quelques minutes de faire le tour de la maison, de traverser les pièces et de voir comme tout avait belle allure. Quand elle eut terminé, elle avait du mal à se rappeler dans quel état de délabrement se trouvait jadis la maison. Elle descendit l'escalier, tourna en direction de la cuisine et aperçut Noah de profil. Une seconde, il avait de nouveau l'air du jeune homme de dix-sept ans, et elle s'arrêta un instant. « Bon sang, se dit-elle, tiens-toi un peu. N'oublie pas que tu es fiancée ! »

Planté devant le plan de travail, avec deux portes de placard ouvertes et des sacs d'épicerie vides posés à ses pieds, il sifflotait tranquillement. Il lui sourit avant de ranger encore quelques boîtes de conserve. Elle s'arrêta à un mètre ou deux de lui et s'appuya au comptoir, une jambe croisée par-dessus l'autre. Elle secoua la tête, stupéfaite par le travail qu'il avait accompli.

– C'est incroyable, Noah. Combien les travaux t'ont-ils pris de temps ?

Il leva les yeux du dernier sac qu'il était en train de vider.

– Près d'un an.

– Tu as fait ça tout seul ?

Il eut un petit rire.

– Non. Quand j'étais plus jeune, j'étais sûr que je le ferais, et j'ai commencé. Mais c'était trop. Ça m'aurait pris des années, alors j'ai fini par engager des gens... un tas de gens, en fait. Même avec leur aide ça représentait beaucoup de travail et, la plupart du temps, je ne m'arrêtais pas avant minuit passé.

– Pourquoi travaillais-tu si dur ?

À cause des fantômes, aurait-il voulu lui dire, mais il n'en fit rien.

– Je ne sais pas. Je pense que j'avais envie de terminer. Tu veux quelque chose à boire avant que je m'occupe du dîner ?

– Qu'est-ce que tu me proposes ?

– Pas grand-chose, à vrai dire. De la bière, du thé, du café.

– Du thé, ce sera très bien.

Il ramassa les sacs vides et les jeta à la poubelle, puis il passa dans une petite pièce qui donnait sur la cuisine pour en revenir avec une boîte de thé. Il en tira deux sachets, les rangea auprès de la cuisinière, emplit la bouilloire d'eau, la posa sur le brûleur et craqua une allumette. Elle entendit le bruit du gaz qui s'enflammait.

– Il y en a pour une minute, dit-il. Cette cuisinière chauffe très vite.

– C'est parfait.

Quand la bouilloire se mit à siffler, il prépara deux tasses de thé et lui en tendit une.

Elle sourit, but une gorgée, puis désigna la fenêtre.

– La cuisine doit être magnifique quand elle est éclairée par la lumière du matin.

Il acquiesça.

– Oh! oui. J'ai fait poser des fenêtres plus grandes sur ce côté-ci de la maison rien que pour ça. Y compris dans les chambres, à l'étage.

– Je suis sûre que tes invités aiment ça. À moins, bien sûr, qu'ils ne veuillent faire la grasse matinée.

– À vrai dire, je n'ai encore reçu personne. Depuis la mort de mon père, je ne sais vraiment pas qui inviter.

Elle comprit au ton de sa voix qu'il faisait simplement la conversation. Mais, sans savoir pourquoi, elle se sentit soudain bien seule. Il parut se rendre compte de ce qu'elle éprouvait et, sans lui laisser le temps de s'y attarder, il changea de sujet.

– Je vais laisser les crabes mariner quelques minutes avant de les cuire à la vapeur, annonça-t-il en reposant sa tasse sur le comptoir.

Il se dirigea vers le placard, en retira un faitout à vapeur, le porta jusqu'à l'évier, ajouta de l'eau, puis le déposa sur la cuisinière.

– Je peux te donner un coup de main ?

– Bien sûr, répondit-il par-dessus son épaule. Si tu épluchais quelques légumes pour qu'on les fasse revenir à la poêle ? Il y en a plein dans le frigo. Tu trouveras une bassine là-bas.

Il désigna le placard à côté de l'évier. Elle avala une autre gorgée de thé avant de poser sa tasse sur le comptoir pour attraper la cuvette. Elle l'apporta jusqu'au réfrigérateur et trouva sur le rayonnage du bas des gombos, des courgettes, des oignons et des carottes. Noah la rejoignit devant la porte ouverte et elle se poussa pour lui faire de la place. Comme il était debout, tout près d'elle, elle sentait son odeur – propre, familière, reconnaissable. Son bras l'effleura quand il se pencha pour prendre une bière et une bouteille de sauce pimentée sur une étagère.

Noah retourna devant la cuisinière, versa la bière dans l'eau, ajouta la sauce épicée et un peu d'autre assaisonnement. Après avoir remué pour s'assurer que les différentes poudres s'étaient bien dissoutes, il se dirigea vers la porte de derrière pour aller chercher les crabes.

Il s'arrêta un moment avant de revenir dans la cuisine pour contempler Allie qui coupait les carottes en rondelles. Pourquoi était-elle venue, surtout maintenant qu'elle était fiancée ? Tout cela ne lui paraissait pas rimer à grand-chose.

Il est vrai qu'Allie avait toujours été surprenante.

Il sourit en se rappelant la jeune fille qu'elle était. Ardente, spontanée, passionnée – comme il imaginait la plupart des artistes. Artiste, elle l'était certainement. Un talent comme le sien était un don. Devant certains tableaux, dans les musées de New York, il s'était dit que sa peinture à elle était tout aussi belle.

Cet été-là, elle lui avait offert une toile avant de partir. Il l'avait accrochée au-dessus de la cheminée dans la salle de séjour. Elle avait expliqué que c'était une image de ses rêves, et le tableau lui avait paru extrêmement sensuel. Quand il le regardait, et ça lui arrivait souvent en fin de soirée, il percevait le désir dans les couleurs et les contours et, en l'examinant avec soin, il pouvait même imaginer quelles étaient ses pensées à chaque coup de pinceau.

Un chien aboya au loin. Noah se rendit compte qu'il avait dû rester planté un long moment devant la porte ouverte. Il s'empressa de la refermer et regagna la cuisine. Avait-elle remarqué combien il était resté longtemps dehors ?

– Comment ça va ? demanda-t-il, voyant qu'elle avait presque fini.

– Bien. J'ai pratiquement terminé. Il y a autre chose pour dîner ?

– J'ai aussi du pain fait à la maison que je comptais nous servir.

– Fait à la maison ?

– Par une voisine, précisa-t-il en posant le seau dans l'évier.

Il tourna le robinet et entreprit de rincer les crabes, les maintenant sous l'eau, puis les laissant trottiner dans l'évier. Sa tasse à la main, Allie s'approcha pour l'observer.

– Tu n'as pas peur qu'ils te pincent quand tu les attrapes ?

– Non. Il suffit de les prendre comme ça.

Il lui fit une démonstration et elle sourit.

– J'oublie que tu as fait ça toute ta vie.

– New Bern est une petite ville, mais on y apprend les choses qui comptent.

Elle s'appuya au comptoir, tout près de lui, et termina son thé. Quand les crabes furent prêts, il les mit dans le faitout. Tout en se lavant les mains, il se tourna pour lui parler.

– Tu veux venir t'asseoir quelques minutes dehors ? J'aimerais les laisser mariner une demi-heure.

– Bien sûr.

Il s'essuya les mains et ils passèrent tous deux sur la véranda derrière la maison. Noah tourna le commutateur et s'installa dans le vieux fauteuil à bascule en lui laissant le plus neuf. En constatant qu'elle n'avait plus rien à boire, il rentra un moment dans la cuisine et revint avec une autre tasse de thé et une bière pour lui. Il lui tendit la tasse. Elle la prit, avalant une gorgée avant de la poser sur la table auprès des fauteuils.

– Tu étais assis ici quand je suis arrivée, n'est-ce pas ?

Tout en s'installant confortablement, il répondit :

– Oui. Je me mets là chaque soir. C'est devenu une habitude.

– Je comprends pourquoi, dit-elle en regardant autour d'elle. Alors, qu'est-ce que tu fais de tes journées ?

– À vrai dire, pas grand-chose d'autre pour l'instant que travailler sur la maison. Ça satisfait mes besoins créateurs.

– Mais comment peux-tu... Je veux dire...

– Morris Goldman.

– Pardon ?

Il sourit.

– Mon ancien patron, dans le Nord. Il s'appelait Morris Goldman. Juste au moment où je me suis engagé, il m'a fait cadeau d'une part de l'affaire et il est mort avant mon retour. Quand je suis revenu aux États-Unis, ses avocats m'ont remis un chèque assez gros pour acheter cette maison et la restaurer.

Elle eut un petit rire.

– Tu me disais toujours que tu trouverais un moyen d'y arriver.

Ils restèrent un moment assis en silence, plongés dans leurs pensées. Allie prit une autre gorgée de thé.

– Tu te rappelles comme on était venus ici en cachette le soir où tu m'as parlé pour la première fois de cet endroit ?

Il hocha la tête et elle poursuivit :

– Je suis rentrée à la maison un peu tard, ce soir-là, et mes parents étaient furieux. Je vois encore mon père planté dans le salon en train de fumer une cigarette, ma mère sur le divan regardant droit devant elle. Je te jure, on aurait dit qu'un membre de la famille était mort. C'était la première fois que mes parents se doutaient que mes sentiments pour toi étaient sérieux. Plus tard, ma mère a eu une longue conversation avec moi. Elle m'a dit : « Tu es persuadée, j'en suis certaine, que je ne comprends pas ce par quoi tu passes en ce moment, mais c'est faux. Seulement, il arrive parfois que notre avenir soit dicté par ce que nous sommes et non pas parce que nous voulons. » Je me souviens d'avoir eu vraiment mal quand elle a dit ça.

– Tu m'en as parlé le lendemain. Ça m'a blessé aussi. J'aimais bien tes parents et je ne me doutais absolument pas qu'ils ne m'aimaient pas.

– Ce n'était pas qu'ils ne t'aimaient pas. Ils ne pensaient pas que tu me méritais.

– Ça revient au même.

Il y avait de la tristesse dans sa voix, et elle comprenait qu'il réagisse ainsi. Elle leva les yeux vers les étoiles tout en passant sa main dans ses cheveux, pour ramener en arrière les mèches qui lui tombaient sur le visage.

– Je sais bien. Je l'ai toujours su. C'est peut-être pour cette raison que j'ai toujours l'impression qu'il y a une certaine distance entre ma mère et moi quand nous discutons.

– Qu'en penses-tu aujourd'hui ?

– La même chose qu'à cette époque-là. Que c'est mal. Que ce n'est pas juste. C'est une dure leçon pour une fille : apprendre que la situation sociale a plus d'importance que les sentiments.

Sa réponse amena un léger sourire sur les lèvres de Noah, mais il se tut.

– Depuis cet été-là, dit-elle, je n'ai jamais cessé de penser à toi.

– C'est vrai ?

– Pourquoi est-ce que tu ne le croirais pas ?

Elle semblait sincèrement surprise.

– Tu n'as jamais répondu à mes lettres.

– Tu m'as écrit ?

– Des douzaines de lettres. Je t'ai écrit pendant deux ans sans recevoir une seule réponse.

Elle secoua lentement la tête, puis baissa les yeux.

– Je ne savais pas... finit-elle par murmurer.

Il comprit que sa mère examinait le courrier et en avait probablement ôté ses lettres en cachette. Il s'en était toujours douté et il observa Allie en arriver à la même conclusion.

– C'était mal de sa part, Noah, et je regrette qu'elle l'ait fait. Mais essaie de comprendre. Dès l'instant où je suis repartie, elle a sans doute pensé que ce serait plus facile pour moi de t'oublier. Elle n'a jamais compris ce que tu représentais pour moi. Et, pour être franche, je ne sais pas si elle a jamais aimé mon père comme je t'aimais. Elle essayait simplement de me protéger et elle croyait sans doute que la meilleure façon de s'y prendre était de cacher tes lettres.

– Ce n'était pas à elle d'en prendre la décision.

– Je sais.

– Est-ce que ça aurait changé quelque chose si tu les avais reçues ?

– Naturellement. Je me suis toujours demandé ce que tu fabriquais.

– Non, je veux dire pour nous. Crois-tu que nous y serions arrivés ?

Elle mit un long moment à répondre.

– Je ne sais pas, Noah. Je ne sais vraiment pas, et toi non plus. Nous ne sommes plus les mêmes qu'en ce temps-là. Nous avons changé, nous avons grandi. Tous les deux.

Elle se tut. Il ne répondit pas et, dans le silence, elle tourna les yeux vers la rivière. Elle reprit :

– Mais oui, Noah, je crois que nous y serions arrivés. En tout cas, j'aime à penser que oui.

Il acquiesça, baissa les yeux, puis détourna la tête.

– Et Lon, comment est-il ?

Elle hésita, ne s'attendant pas à cette question. La mention du nom de Lon lui fit éprouver un léger sentiment du culpabilité, et, un moment, elle ne sut comment répondre. Elle tendit la main vers sa tasse, but une nouvelle gorgée de thé et écouta le martèlement d'un pivert au loin. Elle reprit calmement :

– Lon est beau, charmant, il réussit bien, et la plupart de mes amies sont folles de jalousie. Elles le trouvent parfait et, à bien des égards, il l'est. Il est gentil avec moi, il me fait rire et je sais qu'il m'aime à sa façon. Elle s'arrêta un moment, pour mettre de l'ordre dans ses idées. Mais il manquera toujours quelque chose dans notre relation.

Sa réponse la surprit elle-même, mais, néanmoins, elle disait la vérité. Elle s'aperçut, en le regardant, que Noah se doutait de la réponse.

– Pourquoi ?

Elle eut un pâle sourire et haussa les épaules. Sa voix était à peine plus qu'un murmure.

– Je crois que je cherche toujours le genre d'amour que nous avons connu cet été-là.

Noah réfléchit un long moment à ces mots. Il songea aux aventures qu'il avait eues.

– Et toi ? demanda-t-elle. As-tu jamais pensé à nous ?

– Tout le temps. Et je continue.

– Tu vois quelqu'un ?

– Non, répondit-il en secouant la tête.

Tous deux semblaient réfléchir à cela, essayant, en vain, de chasser cette pensée de leur esprit. Noah vida sa bière, surpris de l'avoir si vite terminée.

– Je vais mettre l'eau à chauffer. Je peux te rapporter quelque chose ?

Elle refusa d'un signe de la tête, et Noah passa dans la cuisine. Il disposa les crabes dans le compartiment à vapeur du faitout et le pain au four. Il saupoudra les légumes de farine et de fécule de maïs et mit un peu de graisse dans la poêle. Après avoir baissé le feu, il régla le minuteur et prit une autre bière dans le réfrigérateur avant de retourner sur la véranda. En accomplissant mécaniquement ces gestes, il songeait à Allie et à l'amour qui leur manquait à tous les deux.

Allie, elle aussi, pensait. À Noah. À elle-même. Un instant, elle regretta d'être fiancée, puis se maudit aussitôt. Ce n'était pas Noah qu'elle aimait ; elle aimait ce qu'ils avaient été jadis. D'ailleurs, il était normal d'éprouver ce genre de sentiment. Son premier véritable amour, le seul homme dont elle s'était vraiment sentie proche, comment pourrait-elle l'oublier ?

Pourtant, était-il normal de ressentir ce tressaillement intérieur chaque fois qu'il approchait ? Était-il normal de lui avouer des choses dont elle ne pourrait parler à personne d'autre ? Était-il normal de venir ici trois semaines avant son mariage ? « Non, ça ne l'est pas, finit-elle par murmurer en contemplant le ciel du soir. Il n'y a rien de normal dans tout ça. »

Là-dessus, Noah réapparut et elle lui sourit. Elle était contente qu'il fût revenu : ça l'empêchait d'approfondir ses interrogations.

– Encore quelques minutes, annonça-t-il en se rasseyant.

– C'est très bien. Je n'ai pas tellement faim.

Il la regarda et elle vit la douceur envahir ses yeux.

– Je suis heureux que tu sois venue, Allie, dit-il.

– Moi aussi. Pourtant j'ai bien failli ne pas le faire.

– Pourquoi es-tu venue ?

Elle avait envie de crier : *J'étais obligée,* mais elle lui répondit :

– Juste pour te voir, pour découvrir ce que tu étais devenu. Pour voir comment tu vas.

« Était-ce bien tout ? » se demanda-t-il, mais il ne l'interrogea pas davantage. Tout au contraire, il changea de sujet.

– Au fait, tu peins toujours ?

Elle hocha la tête.

– Non, plus maintenant.

Il était abasourdi.

– Pourquoi donc ? Tu as tant de talent.

– Je ne sais pas...

– Bien sûr que si. Tu t'es arrêtée pour une raison précise.

Il ne se trompait pas. Il y avait eu une raison.

– C'est une longue histoire.

– J'ai toute la nuit.

– Tu trouvais vraiment que j'avais du talent ? demanda-t-elle doucement.

– Viens, murmura-t-il en lui prenant la main, je veux te montrer quelque chose.

Elle se leva et le suivit par la porte qui donnait dans la salle de séjour. Il s'arrêta devant la cheminée et désigna le tableau accroché au-dessus. Elle tressaillit, surprise de ne pas l'avoir remarqué plus tôt, plus surprise encore de le trouver là.

– Tu l'as gardé ?

– Bien sûr que je l'ai gardé. Il est magnifique.

Elle lui lança un regard sceptique et il expliqua :

– Quand je le regarde, j'ai l'impression d'être vivant. Quelquefois, il faut que je me lève pour le toucher. Il est si réel : les formes, les ombres, les couleurs. J'en rêve même de temps en temps. C'est incroyable, Allie... je peux le contempler pendant des heures.

– Tu parles sérieusement ? fit-elle, stupéfaite.

– Je n'ai jamais été aussi sérieux.

Elle resta sans un mot.

– Tu veux me dire que personne ne t'a jamais dit cela auparavant ?

– Si, finit-elle par répondre, mon professeur. Mais je ne l'ai pas cru.

Il devinait qu'il y avait autre chose. Allie détourna les yeux avant de poursuivre :

– Depuis que je suis enfant je dessine et je peins. En grandissant, Je me suis mise à imaginer que je ne me débrouillais pas mal. Et puis j'aimais ça. Je me rappelle avoir travaillé sur cette toile, cet été-là ; chaque jour j'y ajoutais quelque chose, je la modifiais à mesure que nos rapports évoluaient. Je ne me souviens même pas de la façon dont ça a commencé ni de ce que je voulais faire, mais voilà le résultat...

« Quand je suis rentrée à la maison, cet été-là, j'ai été incapable de m'arrêter de peindre. C'était sans doute ma façon de fuir la douleur. Bref, j'ai fini par choisir les beaux-arts au collège. Je devais le faire... Je me rappelle avoir passé des heures toute seule à l'atelier en savourant chaque minute. J'adorais la liberté que j'éprouvais quand je créais, l'effet que ça me faisait de créer quelque chose de beau. Juste avant de passer mon diplôme, mon professeur, qui était aussi critique d'art, m'a dit que j'avais beaucoup de talent. Il m'a assuré que je devrais tenter ma chance comme artiste. Mais je ne l'ai pas écouté.

Elle s'arrêta là, rassemblant ses pensées.

– Mes parents trouvaient que quelqu'un comme moi ne pouvait pas vivre de sa peinture. Alors, au bout d'un moment, je me suis arrêtée. Je n'ai pas touché un pinceau depuis des années.

Elle contempla le tableau.

– Tu crois que tu ne repeindras jamais ?

– Je ne sais même pas si j'en suis encore capable. Ça fait longtemps...

– Mais si, Allie. Je sais que tu en es capable. Tu as un talent qui vient de l'intérieur de toi, de ton cœur, pas de tes doigts. Le don que tu possèdes ne pourra jamais s'évanouir. Un don auquel les autres ne font que rêver. Tu es une artiste, Allie.

Il avait prononcé ces mots avec une telle sincérité qu'elle comprit qu'il ne s'agissait pas simplement de gentillesse. Il croyait vraiment à son talent et, Dieu sait pourquoi, cela représentait pour elle plus qu'elle ne l'aurait cru.

À ce moment-là, il se passa quelque chose d'autre, quelque chose d'encore plus fort ; le fossé commença à se combler pour Allie. Le fossé qu'elle avait creusé dans sa vie pour séparer la douleur du plaisir. Elle soupçonna, peut-être inconsciemment, que c'était beaucoup plus important qu'elle n'en convenait.

Mais, à cet instant, tout cela était encore confus pour elle. Elle se tourna vers lui, lui tendit le bras et lui toucha la main d'un geste hésitant, stupéfaite qu'après toutes ces années il sache exactement ce qu'elle avait besoin d'entendre. Quand leurs regards se croisèrent, elle comprit une fois de plus à quel point il était spécial.

Pendant un fugitif instant, un petit éclat de temps qui flottait dans l'air comme les lucioles dans les ciels d'été, elle se demanda si elle n'était pas de nouveau amoureuse de lui.

Un petit *ding* : le minuteur se déclenchait dans la cuisine. Noah se détourna, rompant l'ambiance, étrangement ému par ce qui venait de se passer entre eux. Les yeux d'Allie lui avaient parlé, lui avaient murmuré ce dont il rêvait. Pourtant, il n'arrivait pas à faire taire la voix qui résonnait dans sa tête, sa voix à elle lui déclarant qu'elle aimait un autre homme. Maudissant en silence le minuteur, il revint dans la cuisine et retira le pain du four. Il faillit se brûler les doigts, laissa tomber la miche sur le comptoir et constata que la graisse était chaude dans la poêle. Il versa les légumes et les écouta grésiller. Puis, marmonnant tout seul, il prit du beurre dans le réfrigérateur, en étala une noisette sur une tranche de pain et en fit fondre un morceau pour les crabes.

Allie l'avait suivi dans la cuisine. Elle s'éclaircit la gorge.

– Je peux mettre le couvert ?

De la pointe du couteau à pain, Noah lui désigna un placard.

– Bien sûr, les assiettes sont là-haut. Les couverts et les serviettes ici. Prends-en pas mal : manger des crabes, c'est salissant.

Tout en parlant, il évitait de la regarder. Il refusait de s'être trompé sur ce qui s'était passé entre eux. Il ne voulait pas considérer ce moment comme une erreur.

Allie aussi s'interrogeait sur cet instant fugace ; en y pensant, elle sentait une chaleur monter en elle. Les mots qu'il avait prononcés repassaient dans sa tête tandis qu'elle prenait tout ce dont elle avait besoin pour dresser la table. Les assiettes, les sets, le sel et le poivre... Au moment où elle terminait, Noah lui tendit le pain et leurs doigts se touchèrent brièvement.

Son attention revint à la poêle et il retourna les légumes. Il souleva le couvercle de la marmite, constata qu'il restait encore une minute pour que les crabes soient prêts et les laissa sur le feu. Ayant retrouvé son calme, il se remit à faire la conversation, sans effort.

– Tu n'as jamais goûté de crabe ?

– Deux ou trois fois. Mais seulement en salade.

Il se mit à rire.

– Alors, attends-toi à une aventure.

Il disparut quelques instants au premier étage, puis revint avec une chemise bleu marine.

– Tiens, enfile-la. Je ne veux pas que tu taches ta robe.

En la passant, Allie sentit le parfum qui imprégnait encore le tissu : son odeur.

– Ne t'inquiète pas, ajouta-t-il en remarquant son expression, elle est propre.

Elle sourit.

– Je sais. Simplement, ça me rappelle notre premier vrai rendez-vous. Cette nuit-là, tu m'as donné ta veste, tu te souviens ?

Il hocha la tête.

– Oui. Fin et Sarah étaient avec nous. Fin n'a

pas arrêté de me filer des coups de coude pendant tout le trajet jusqu'à la maison de tes parents : il voulait absolument que je te prenne la main.

– Et tu ne l'as pas fait.

– Non.

– Pourquoi ?

– Peut-être par timidité, ou par peur. Je ne sais pas. Mais ça ne m'a pas paru la chose à faire sur le moment.

– Maintenant que j'y réfléchis, c'est vrai que tu étais plutôt timide.

– Je préfère l'expression « assurance discrète », répliqua-t-il avec un clin d'œil, et elle sourit.

Les légumes et les crabes furent prêts à peu près en même temps.

– Fais attention, c'est très chaud, dit-il en lui tendant le plat, et ils s'assirent l'un en face de l'autre à la petite table en bois.

S'apercevant que le thé était resté sur le comptoir, Allie alla le chercher. Après avoir disposé sur leurs assiettes des légumes et du pain, Noah ajouta un crabe. Allie resta un moment à le contempler.

– On dirait un insecte.

– Mais c'est bon ! Tiens, je vais te montrer comment on fait.

Il lui fit rapidement une démonstration. Ôter la chair et la mettre sur son assiette n'avait pas l'air compliqué. Les deux premières fois, Allie serra trop fort les pinces et dut se servir de ses doigts pour séparer la carapace de la chair. Au début elle se sentit maladroite, s'inquiéta à l'idée qu'il observait toutes ses erreurs, puis elle se rendit compte qu'elle manquait simplement d'assurance : lui ne remarquait pas ce genre de détail. Il n'y avait jamais prêté attention.

– Dis-moi, demanda-t-elle, qu'est-il advenu de Fin ?

Il mit une seconde à répondre.

– Fin est mort à la guerre. Son destroyer a été torpillé en 1943.

– Oh ! je suis désolée. Je sais que c'était un de tes grands amis.

Sa voix changea ; il reprit d'un ton un peu plus grave :

– C'est vrai. Je pense beaucoup à lui. Je me rappelle la dernière fois que je l'ai vu. J'étais rentré à la maison pour faire mes adieux avant de m'engager et nous nous sommes rencontrés par hasard. Il était banquier ici, comme son père. Lui et moi, nous avons passé pas mal de temps ensemble la semaine suivante. Je pense parfois que c'est moi qui l'ai persuadé de s'engager. Je ne crois pas qu'il l'aurait fait si je n'avais pas décidé de le faire.

– Il ne faut pas dire ça, dit-elle, regrettant d'avoir abordé ce sujet.

– Tu as raison. Simplement, il me manque, voilà tout.

– Je l'aimais bien aussi. Il me faisait rire.

– Il a toujours été très fort pour ça.

Elle lui lança un regard à la dérobée.

– Il avait un petit béguin pour moi, tu sais.

– Je sais. Il m'en a parlé.

– Ah ! oui. Qu'est-ce qu'il a dit ?

Noah haussa les épaules.

– Oh ! toujours la même chose. Qu'il était obligé de te repousser avec un bâton. Que tu n'arrêtais pas de le harceler, ce genre de chose.

Elle eut un petit rire.

– Tu l'as cru ?

– Évidemment. Pourquoi pas ?

– Ah ! les hommes, vous vous tenez toujours les coudes, dit-elle en lui donnant une petite tape sur le bras par-dessus la table. Elle reprit : Raconte-moi tout ce qui t'est arrivé depuis la dernière fois que je t'ai vu.

Ils se mirent alors à parler pour rattraper le temps perdu. Noah lui raconta comment il avait quitté New Bern pour travailler aux chantiers navals et puis chez ce ferrailleur du New Jersey. Il parla avec affection de Morris Goldman et évoqua brièvement la guerre, évitant d'entrer dans les détails. Il lui parla de son père et lui dit combien il lui manquait. Allie lui parla du collège, de sa peinture et des heures qu'elle avait passées comme infirmière bénévole à l'hôpital. Elle lui parla de sa famille, de ses amis et des œuvres de charité dont elle s'occupait. Ni l'un ni l'autre n'évoqua sa vie amoureuse. Il ne fut même pas question de Lon et, même s'ils remarquèrent tous deux cette omission, ils n'y firent pas allusion.

Allie essaya de se souvenir de la dernière conversation de ce genre qu'elle avait eue avec Lon. Même s'il écoutait bien et s'ils se disputaient rarement, Lon n'était pas homme à discuter ainsi. Comme son père à elle, il était mal à l'aise quand il s'agissait de partager ses pensées et ses sentiments. Elle avait bien cherché à lui expliquer qu'elle avait besoin d'être plus proche de lui, mais, apparemment, cela n'avait jamais rien changé.

Mais maintenant, assise là, elle se rendait compte de ce qu'elle avait manqué.

Le ciel s'assombrissait et la lune s'élevait entre les nuages tandis que la soirée s'avançait. Et, sans qu'aucun d'eux en fût pleinement conscient, ils commencèrent à retrouver l'intimité, les liens familiers qu'ils avaient connus autrefois.

Ils terminèrent leur dîner, tous deux enchantés de leur repas. Ils ne parlaient plus guère. Noah jeta un coup d'œil à sa montre ; il se faisait tard. Les étoiles avaient envahi le ciel, les grillons s'étaient calmés. Il était ravi de cette conversation avec Allie.

Mais n'avait-il pas trop parlé ? Quelle opinion avait-elle de ce qu'il avait raconté de sa vie ? Il espérait que, d'une façon ou d'une autre, cette discussion allait changer le cours des choses... si c'était possible.

Noah se leva pour remettre de l'eau dans la théière. Ils avaient apporté la vaisselle dans l'évier, essuyé la table. Il versa de l'eau bouillante dans de nouvelles tasses, ajoutant à chacune des sachets de thé.

– Si on retournait sur la véranda ? suggéra-t-il en lui tendant la tasse.

Elle acquiesça et le précéda. Au passage il prit une couverture au cas où elle aurait froid et, bientôt, ils se retrouvèrent à leur place, Allie avec la couverture sur les jambes, leurs fauteuils se balançant doucement. Noah la surveillait du coin de l'œil. Dieu qu'elle est belle ! Et à l'intérieur, il avait mal.

Parce qu'il s'était passé quelque chose pendant le dîner.

Il était retombé amoureux. Il le savait, maintenant qu'ils étaient assis l'un à côté de l'autre. Tombé amoureux de la nouvelle Allie, et pas simplement de son souvenir.

Il s'en rendait compte désormais : l'aimer était son destin.

– Quelle soirée, murmura-t-il d'une voix douce.

– Oh ! oui. Une soirée merveilleuse.

Noah leva les yeux vers les étoiles, leurs lumières scintillantes lui rappelant que bientôt elle allait partir, et il sentit un vide intérieur. Il aurait voulu ne jamais voir se terminer cette soirée. Comment le lui faire comprendre ? Que pourrait-il lui dire qui la ferait rester ?

Il ne savait pas. Il décida donc de se taire. Et il comprit alors qu'il n'avait pas su s'y prendre.

Les fauteuils se balançaient sur un rythme tranquille. Des chauves-souris voletaient au-dessus de la rivière. Des papillons venaient effleurer de leurs ailes la lumière de la véranda. Quelque part, il le savait, des gens faisaient l'amour.

– Parle-moi, finit-elle par dire d'une voix sensuelle – ou était-ce son imagination qui lui jouait des tours ?

– Que veux-tu que je te dise ?

– Parle-moi comme tu le faisais sous le chêne.

Il obéit, récitant des passages à demi oubliés pour saluer la nuit. Whitman et Thomas, parce qu'il aimait les images. Tennyson et Browning, parce que leurs thèmes lui semblaient familiers.

Elle reposa sa tête contre le dossier du fauteuil à bascule et ferma les yeux. Quand il eut terminé, elle avait un peu plus chaud. Ça ne tenait pas tellement aux poèmes ou à sa voix qui les récitait, plutôt au tout, à l'ensemble, plus grand que la somme des parties. Elle ne chercha pas d'explication, elle n'en avait pas envie, car ce n'était pas fait pour être écouté de cette façon. « La poésie, se dit-elle, n'était pas écrite pour être analysée : elle devait vous inspirer sans raison, vous toucher sans qu'on comprenne. »

Grâce à Noah, elle avait assisté, au collège, à quelques lectures de poésie proposées par le département d'anglais. Elle avait écouté diverses personnes, divers poèmes, mais avait bientôt cessé, découragée parce que aucun ne l'inspirait ni ne semblait aussi inspiré que devraient l'être les vrais amateurs de poésie.

Ils restèrent un moment dans leurs fauteuils à bascule, à boire du thé en silence, perdus dans leurs pensées. L'élan qui l'avait poussée jusqu'ici avait disparu – elle n'en était pas mécontente –, mais ce qui l'inquiétait, c'étaient les sentiments qui l'avaient remplacé, le trouble qui tournoyait et filtrait dans ses pores comme la poudre d'or dans les batées. Elle avait essayé d'en nier l'existence, de leur échapper, mais elle se rendait compte qu'elle ne voulait pas les voir s'arrêter. Voilà des années qu'elle n'avait pas ressenti cela.

Lon était incapable d'éveiller en elle ces sentiments. Il n'y parviendrait sans doute jamais. Peut-être était-ce pour cela qu'elle n'avait pas fait l'amour avec lui. Il avait déjà essayé, bien des fois, en recourant à tous les moyens, depuis les fleurs jusqu'au sentiment de culpabilité : elle avait toujours prétexté qu'elle attendait d'être mariée. En général il le prenait bien, et elle se demandait parfois à quel point il serait peiné si jamais il découvrait la vérité à propos de Noah.

Mais autre chose lui donnait envie d'attendre, qui tenait à Lon lui-même : il était absorbé par son travail, qui réclamait presque toute son attention. Le travail passait d'abord ; lui n'avait pas de temps pour les poèmes et les soirées perdues à se balancer sur des vérandas. C'était pour cela qu'il réussissait, elle le savait, et une partie d'elle-même l'en respectait. Mais elle avait aussi l'impression que c'était insuffisant. Elle voulait quelque chose de différent, quelque chose en plus. La passion et le romanesque, peut-être, ou bien des conversations paisibles dans des pièces éclairées aux bougies, ou peut-être, tout simplement, ne pas venir en second.

Noah, lui aussi, passait au crible ses pensées. Il garderait de cette soirée le souvenir d'un des moments les plus particuliers qu'il ait jamais connus. Tout en se balançant, il s'en rappelait tous les détails, puis se les rappelait encore. Chacun de ses gestes, chacun des mots qu'elle avait prononcés lui semblait, comment dire, chargé d'électricité.

Avait-elle rêvé des mêmes choses que lui durant les années où ils avaient été éloignés l'un de l'autre ? Avait-elle rêvé que de nouveau ils se serreraient dans les bras l'un de l'autre, qu'ils échangeraient des baisers sous la douceur du clair de lune ? Ou bien allait-elle plus loin et rêvait-elle de leurs corps nus séparés depuis bien trop longtemps ?

Contemplant les étoiles, il se souvint des milliers de nuits vides qu'il avait passées depuis leur dernière rencontre. La revoir faisait remonter tous ces sentiments à la surface et il ne parvenait pas à les refouler. Il avait envie de lui faire de nouveau l'amour et de trouver chez elle l'amour en retour. C'était ce qu'il désirait le plus au monde.

Mais il se rendait compte que ce ne serait jamais possible. Elle était fiancée.

Allie devina à son silence qu'il pensait à elle. Elle s'en réjouissait. Elle ne savait pas quelles pensées lui traversaient l'esprit : cela lui était égal, car elle savait qu'il pensait à elle, et cela lui suffisait.

Elle songea à leur conversation au dîner et s'interrogea sur la solitude. Elle ne parvenait pas à l'imaginer lisant de la poésie à quelqu'un d'autre ou même partageant ses rêves avec une autre femme. Ce n'était pas son genre. D'ailleurs, elle refusait d'y croire.

Elle reposa sa tasse, puis passa ses mains dans ses cheveux tout en fermant les yeux.

– Tu es fatiguée ? demanda-t-il, s'arrachant enfin à ses méditations.

– Un peu. Il faut vraiment que je parte dans quelques minutes.

– Je sais, dit-il d'un ton neutre, en hochant la tête.

Elle ne se leva pas tout de suite. Elle reprit sa tasse et but la dernière gorgée de thé, laissant sa chaleur lui baigner la gorge. Elle savourait cette soirée : la lune plus haute maintenant, le vent dans les arbres, la température qui fraîchissait.

Puis elle observa Noah. De côté, elle apercevait la cicatrice sur son visage. Elle se demanda si ça lui était arrivé pendant la guerre, s'il avait été blessé. Il n'en avait pas parlé et elle ne lui avait pas posé de question, parce qu'elle ne voulait pas l'imaginer en train de souffrir.

– Il faut que j'y aille, finit-elle par dire en lui rendant la couverture.

Noah acquiesça, puis il se leva sans un mot pour s'emparer de la couverture. Tous deux se dirigèrent vers la voiture tandis que les feuilles mortes crissaient sous leurs pas. Comme il lui ouvrait la portière, elle s'apprêtait à retirer la chemise qu'il lui avait prêtée, mais il l'arrêta.

– Non. Garde-la.

Elle ne lui demanda pas pourquoi, parce qu'elle aussi avait envie de la conserver. Elle la reboutonna et croisa les bras pour se protéger de la fraîcheur. De rester plantée, là, devant lui, lui rappela les moments où, debout sur sa véranda après un bal au lycée, elle attendait un baiser.

– Merci de m'avoir trouvé, dit-il. J'ai passé une soirée formidable.

– Moi aussi.

Il rassembla son courage.

– Est-ce que je te verrai demain ?

Une simple question. Elle savait ce que devrait être la réponse, surtout si elle ne voulait pas se compliquer la vie. Elle n'avait qu'à dire : « Je pense qu'il vaudrait mieux pas », et les choses s'arrêteraient là. Mais, pendant une seconde, elle resta silencieuse. Elle se trouva alors confrontée au démon du choix, qui la taquinait, la défiait. Pourquoi n'arrivait-elle pas à le dire ? Elle n'en savait rien. Mais en le regardant dans les yeux pour trouver la réponse, elle vit l'homme dont elle était jadis tombée amoureuse et, brusquement, tout devint clair.

– J'aimerais bien.

Noah fut surpris. Il ne s'attendait pas à cette réponse. Sur le moment, il aurait voulu la toucher, la prendre dans ses bras, mais il n'en fit rien.

– Tu peux être ici vers midi ?

– Bien sûr. Qu'est-ce que tu veux faire ?
– Tu verras. Je sais exactement où t'emmener.
– J'y suis déjà allée ?
– Non, mais c'est un endroit particulier.
– Où est-ce ?
– Surprise...
– Ça va me plaire ?
– Tu vas adorer, déclara-t-il.

Elle se détourna avant qu'il ait pu tenter de l'embrasser. Peut-être n'allait-il pas essayer, mais elle avait le sentiment que, s'il le faisait, elle aurait beaucoup de mal à l'en empêcher. Avec tout ce qui lui traversait l'esprit elle n'était pas de taille à maîtriser ce genre de situation. Elle s'installa au volant en poussant un soupir de soulagement. Il referma la portière et elle démarra. Le moteur tournant au ralenti, elle abaissa un tout petit peu sa vitre.

– Alors, à demain, dit-elle, le clair de lune se reflétant dans ses yeux.

Noah agita la main tandis qu'elle faisait marche arrière. Elle fit un demi-tour puis remonta l'allée, se dirigeant vers la ville. Il suivit des yeux la voiture jusqu'au moment où les feux disparurent derrière les chênes au loin et qu'il n'entendît plus le ronflement du moteur. Clem le rejoignit et il s'accroupit pour la caresser, s'attardant tout exprès sur son cou pour gratter l'endroit qu'elle ne pouvait plus atteindre. Il jeta un dernier regard à la route puis, côte à côte, ils regagnèrent la véranda.

Il se rassit dans le fauteuil à bascule, seul cette fois, s'efforçant à nouveau de comprendre la soirée qui venait de s'écouler. Il y réfléchissait. La repassait au ralenti dans sa tête. La revoyait. La réentendait. Il n'avait pas envie de jouer de la guitare, il n'avait pas envie de lire. Il ne savait plus très bien ce qu'il éprouvait.

« Elle est fiancée », murmura-t-il enfin, puis il resta silencieux pendant des heures. On n'entendait plus que le bruit de son fauteuil à bascule. La nuit était paisible, sans guère d'activité, sauf quand Clem venait de temps en temps lui rendre visite, voir comment il allait, comme pour demander : « Ça va ? »

Peu après minuit, par ce clair soir d'octobre, tout en lui se précipita. Noah sentit la nostalgie déferler sur lui. Il avait soudain l'air d'être un vieillard, comme s'il avait vieilli de toute une vie en trois heures. Penché dans son fauteuil à bascule, il tenait sa tête entre ses mains, les yeux pleins de larmes.

Et il ne savait pas comment les arrêter.

Coups de téléphone

Lon raccrocha.

Il avait appelé à sept heures, puis à huit heures et demie. Il consulta une nouvelle fois sa montre ; dix heures moins le quart.

Où était-elle ?

Un peu plus tôt, il avait parlé au directeur de l'hôtel. Oui, elle avait pris une chambre et il l'avait vue pour la dernière fois vers six heures. Elle avait dû sortir pour dîner. Non, il ne l'avait pas aperçue depuis.

Lon secoua la tête et se renversa dans son fauteuil. Comme d'habitude, il était le dernier au bureau et tout était silencieux. C'était normal, avec un procès en cours, même si les débats se déroulaient bien. Le droit était sa passion, et les heures qu'il passait seul, tard le soir, lui donnaient l'occasion de rattraper le travail en retard sans être interrompu.

Il était certain de gagner ce procès : il connaissait le droit à fond et savait charmer le jury. Rares étaient les causes qu'il perdait, en partie parce qu'il choisissait les affaires pour lesquelles il se savait compétent. Il avait atteint une position élevée dans l'exercice de sa profession – une situation qu'il partageait avec un petit nombre d'avocats – et le montant de ses honoraires s'en ressentait. Mais son succès tenait surtout au fait qu'il travaillait dur. Il avait toujours prêté attention aux détails, infimes, obscurs, surtout dans ses débuts, et c'était devenu une habitude. Il étudiait très sérieusement ses dossiers, ce qui lui avait permis de gagner quelques procès qu'il aurait dû perdre.

Et voilà qu'un petit détail le tracassait.

Il ne s'agissait pas du procès. Non, pas de problème de ce côté-là. Il s'agissait d'Allie.

Mais, bon sang, il n'arrivait pas à mettre le doigt dessus ! Il ne s'inquiétait nullement quand elle était partie, ce matin-là. Du moins le croyait-il. Mais, peu après son premier appel, au bout d'une heure peut-être, un déclic s'était produit dans son esprit. Le petit détail.

Un détail insignifiant ? Important ?

Réfléchis... Réfléchis... Bon sang, qu'est-ce que c'était ?

Son cerveau travaillait.

Quelque chose... quelque chose... quelque chose qu'on lui avait dit ?

Quelque chose qu'il avait entendu ? Oui, c'était cela. Il en était sûr. Mais quoi ? Allie lui avait-elle dit, au téléphone, quelque chose qui avait tout déclenché ?

Il repassa la conversation dans son esprit. Non, rien d'extraordinaire.

Mais c'était ça, il en était certain.

Qu'avait-elle donc dit ?

Elle avait fait bon voyage, avait trouvé un hôtel, avait effectué quelques achats. Elle avait laissé l'adresse et le numéro de téléphone. Pas grand-chose d'autre.

Il se mit alors à penser à elle. Il l'aimait, aucun doute à ce propos. Non seulement elle était belle et charmante, mais elle était devenue son point d'ancrage aussi bien que sa meilleure amie. Après une dure journée de travail, elle était la première personne qu'il appelait. Elle l'écoutait, riait au bon moment, et un sixième sens lui faisait toujours dire ce qu'il avait besoin d'entendre.

Mais, plus encore, il admirait la façon dont elle disait toujours ce qu'elle pensait. Après leur quatrième rendez-vous, il lui avait déclaré ce qu'il expliquait à toutes les femmes avec qui il sortait : qu'il n'était pas prêt pour une relation régulière. Contrairement aux autres, Allie s'était contentée de hocher la tête en murmurant : « Parfait. » Mais en le quittant, elle s'était retournée sur le pas de la porte pour lui dire : « Ton problème, ce n'est ni moi, ni ta profession, ni ta liberté, ni quoi que ce soit d'autre. Ton problème, c'est que tu es seul. Ton père a rendu célèbre le nom des Hammond et on t'a sans doute comparé à lui toute ta vie. Tu n'as jamais été toi-même. Une existence pareille vous vide à l'intérieur et tu cherches quelqu'un qui, d'un coup de baguette magique, comblera ce vide. Mais il n'y a qu'une seule personne qui puisse le faire : toi. »

Les mots lui étaient restés dans la tête, et, le lendemain matin, en y réfléchissant, il avait trouvé qu'ils sonnaient vrai. Il avait rappelé Allie pour lui demander qu'elle lui accorde une seconde chance. Il avait pas mal insisté, et elle avait fini par accepter, un peu à contrecœur.

Durant les quatre années où ils étaient sortis ensemble, elle avait peu à peu incarné tout ce dont il avait jamais eu envie. Il savait qu'il devrait passer plus de temps avec elle, cependant, la profession d'avocat ne lui permettait pas de réduire ses horaires. Elle l'avait compris ; malgré tout, il se maudissait de ne pas trouver le temps. Une fois qu'il serait marié, il réduirait ses heures de bureau, se promit-il. Il demanderait à sa secrétaire de contrôler ses rendez-vous sur son agenda pour s'assurer qu'il n'avait pas des horaires impossibles...

Son agenda?

Nouveau déclic.

Agenda... carnet d'adresses... adresses?

Il regarda le plafond. Adresses?

Oui, c'était ça, il ferma les yeux et réfléchit une seconde. Non. Rien. Alors, quoi?

Allons, tu ne vas pas caler maintenant. Réfléchis, bon sang, réfléchis.

New Bern.

Le nom jaillit brusquement dans son esprit. New Bern. C'était ça, le petit détail. Une partie en tout cas. Et quoi d'autre?

Il se concentra de nouveau. *New Bern.*

Il connaissait un peu la ville, pour y avoir parfois plaidé. Il y avait fait étape aussi en allant sur la côte. Rien de spécial. Allie et lui ne s'y étaient jamais rendus ensemble.

Mais Allie était déjà allée là-bas...

L'écrou se resserrait, un autre élément apparaissait.

Un autre élément... il y avait plus que cela.

Allie, New Bern... et... et... le souvenir d'une soirée. Un commentaire en passant. De la mère d'Allie. Il l'avait à peine remarqué sur le moment. Qu'avait-elle dit?

Lon pâlit soudain. Il se rappelait. Il se rappelait

ce qu'il avait entendu voilà longtemps. Il se rappelait ce qu'avait dit la mère d'Allie.

Elle lui avait parlé d'Allie amoureuse, dans son adolescence, d'un jeune homme de New Bern. Elle l'avait appelé un amour de collégienne. Bah ! avait-il songé en entendant cela, et il s'était retourné pour sourire à Allie.

Mais elle n'avait pas souri. Elle était furieuse. Lon devina alors qu'elle avait aimé cette personne plus profondément que sa mère ne l'avait laissé entendre. Peut-être même plus profondément qu'elle ne l'aimait, lui.

Et voilà qu'elle était retournée là-bas. Intéressant.

Lon appuya contre ses lèvres ses paumes jointes, comme s'il priait. Une coïncidence ? Peut-être cela n'avait-il aucune importance, peut-être était-ce exactement ce qu'elle avait annoncé : le besoin de se détendre en allant courir les antiquaires. Possible. Probable, même.

Pourtant... pourtant... et si ?

Lon envisagea l'autre possibilité et, pour la première fois depuis longtemps, il eut peur.

Et si ? *Et si elle est avec lui ?*

Il maudit ce procès, regrettant qu'il ne fût pas terminé. Regrettant de ne pas être allé avec elle. Se demandant si elle lui avait dit la vérité. Espérant que oui.

Il prit alors la décision de ne pas la perdre. De tout faire pour la garder. Elle était tout ce qu'il désirait; jamais il ne pourrait la remplacer.

D'une main tremblante, il composa le numéro pour la quatrième et dernière fois ce soir-là.

Toujours pas de réponse.

Kayaks et rêves oubliés

Le lendemain matin, Allie fut réveillée de bonne heure par le gazouillis incessant des étourneaux. Elle se frotta les yeux; tout son corps était raide. Elle avait eu un sommeil agité, s'éveillant après chaque rêve, et se rappelait avoir vu, durant la nuit, les aiguilles de sa pendulette dans différentes positions, comme si elle n'avait cessé de vérifier le passage du temps.

Elle avait dormi dans la chemise qu'il lui avait donnée et, tout en se remémorant la soirée qu'ils avaient passée ensemble, elle sentit de nouveau son odeur. Elle se rappela les rires insouciants, leur conversation et, surtout, la façon dont il lui avait parlé de sa peinture. C'était si inattendu, si encourageant : tandis que les mots repassaient dans son esprit, elle comprit quels regrets elle aurait eus si elle avait décidé de ne pas le revoir.

Par la fenêtre, elle observa les oiseaux pépiant

qui cherchaient de la nourriture dans les premières lueurs du jour. Noah, elle le savait, avait toujours été quelqu'un du matin qui accueillait l'aube à sa façon. Il aimait faire du kayak ou du canoë, et elle s'attarda sur ce souvenir du matin qu'elle avait passé avec lui dans son esquif, à regarder le lever du soleil. Elle avait dû se glisser par la fenêtre de sa chambre pour le rejoindre, parce que ses parents ne le lui auraient pas permis. Mais elle ne s'était pas fait surprendre. Noah l'avait saisie par les épaules et attirée contre lui tandis que l'aube commençait à poindre. « Regarde là-bas », avait-il murmuré. Elle avait observé son premier lever de soleil, la tête reposant sur son épaule, se demandant s'il pouvait exister plus beau moment que celui qu'elle était en train de vivre.

Elle se leva pour aller prendre son bain, sentant le sol froid sous ses pieds. Ce matin, était-il allé se promener en bateau à l'aube d'une nouvelle journée ? Sans doute...

Elle avait raison.

Noah s'était levé avant le soleil. Il s'était habillé rapidement : les mêmes jeans que la veille au soir, un maillot, une chemise de flanelle propre, une veste bleue et des bottes. Il se brossa les dents avant de descendre, but rapidement un verre de lait et attrapa deux biscuits avant de sortir. Clem l'accueillit avec quelques coups de langue humide, et il se dirigea vers le ponton où était rangé son kayak. Il aimait laisser la rivière exercer sa magie, lui dénouer les muscles et lui réchauffer le corps en lui éclaircissant les idées.

Le vieux kayak, usé et maculé par l'eau de la rivière, était pendu au ponton par deux crochets rouillés juste au-dessus de l'eau, pour le mettre à l'abri des bernacles. Il le dégagea, le posa à ses pieds, l'inspecta rapidement, puis le porta jusqu'à la berge. En quelques mouvements, fruit d'une longue habitude, il le mit à l'eau et remonta le courant, lui-même tenant à la fois le rôle de pilote et de moteur.

Il sentait sur sa peau la fraîcheur mordante de l'air, et le ciel était noyé dans une brume de différentes couleurs. Noir juste au-dessus de lui comme un pic montagneux, puis d'une infinité de bleus s'éclaircissant jusqu'à l'horizon, où le gris venait les remplacer. Il prit quelques profondes inspirations, s'emplissant les poumons de l'odeur des pins et de l'eau légèrement croupie, et il se mit à réfléchir. C'était ce qui lui avait manqué le plus quand il habitait dans le nord : à cause des longues heures de travail, il ne passait que peu de temps sur l'eau. Le camping, les longues marches, les promenades sur les rivières, les sorties avec des filles, le travail... il fallait bien sacrifier quelque chose. Chaque fois qu'il avait eu du temps de libre, il avait exploré à pied la campagne du New Jersey. Mais, en quatorze ans, il n'avait pas une fois mis les pieds dans un canoë ni un kayak. Ç'avait été une des premières activités qu'il avait reprises à son arrivée ici.

Passer l'aube sur l'eau avait quelque chose de spécial, de presque mystique. Il le faisait maintenant presque chaque jour. Que le temps fût clair ou ensoleillé, ou bien froid avec une bise pinçante, peu importait : il pagayait au rythme de la musique qui jouait dans sa tête, sur la rivière d'argent. Il observa une famille de tortues qui se reposait sur une souche en partie immergée, il suivit des yeux un héron qui prenait son élan, survolait l'eau et disparaissait dans le demi-jour métallique qui précédait le lever du soleil.

Il rama jusqu'au milieu du courant où il admira la lueur orange qui commençait à s'étendre à la surface de l'eau. Il ralentit la cadence, faisant juste assez d'efforts pour rester sur place, contemplant le paysage jusqu'au moment où la lumière filtra timidement à travers les arbres. Il aimait marquer un temps au point du jour, guettant le moment où la vue était spectaculaire, comme si le monde renaissait. Puis il se mit à pagayer avec énergie, pour dissiper la tension, pour se préparer à affronter la journée.

Les questions dansaient dans son esprit comme des gouttes d'eau dans une poêle à frire. Quel genre d'homme était Lon? Quelles étaient ses relations avec Allie? Et elle, pour quelles raisons était-elle venue le voir?

Quand il arriva à la maison, il se sentait revigoré. Jetant un coup d'œil à sa montre, il fut surpris de constater que deux heures étaient déjà passées. Le temps vous jouait toujours des tours par ici et cela faisait des mois qu'il avait cessé de s'en étonner.

Il accrocha le kayak pour le faire sécher, s'étira longuement et alla jusqu'au hangar où il rangeait son canoë. Il le porta jusqu'à la berge et le déposa à quelques mètres de l'eau; en revenant sur ses pas, il remarqua qu'il avait les jambes encore un peu raides.

La brume matinale ne s'était pas encore dissipée et il savait que ses courbatures annonçaient de la pluie. Il examina le ciel à l'ouest et aperçut des nuages d'orage, épais et lourds, lointains mais résolument présents. Le vent n'était pas fort, mais il poussait les nuages vers la maison. Il n'aimerait pas être dehors quand ils arriveraient. La barbe! Combien de temps lui restait-il? Quelques heures, peut-être plus. Peut-être moins.

Il se doucha, passa des jeans neufs, une chemise rouge et des bottes de cow-boy noires, se brossa les cheveux et descendit à la cuisine. Il fit la vaisselle de la veille, mit un peu d'ordre, se prépara du café et sortit sur la véranda. Le ciel s'était assombri. Noah consulta le baromètre : il n'avait pas bougé, mais il n'allait pas tarder à descendre. Le ciel à l'ouest le promettait.

Il avait appris depuis longtemps à ne jamais sous-estimer le temps. Était-ce une bonne idée de sortir ? La pluie, il pouvait s'en arranger ; la foudre, c'était une autre affaire. Surtout sur l'eau. Il ne faisait pas bon d'être à bord d'un canoë quand l'électricité crépitait dans l'air humide.

Il termina son café, remettant la décision à plus tard. Il alla jusqu'à la cabane à outils et prit sa hache. Après avoir tâté le tranchant de son pouce, il l'aiguisa avec une pierre à affûter. « Une hache émoussée est plus dangereuse qu'une hache affûtée », disait toujours son père.

Il passa les vingt minutes suivantes à fendre des bûches et à les entasser. Il le faisait sans effort, à coups précis, sans transpirer. Il mit quelques bûches de côté et les porta à l'intérieur quand il eut terminé, les posant à côté de la cheminée.

Il regarda une nouvelle fois le tableau d'Allie : il tendit la main pour le toucher, retrouvant aussitôt ce sentiment d'incrédulité qu'il avait éprouvé en la revoyant. Mon Dieu, qu'avait-elle donc pour lui faire cet effet-là ? Même après toutes ces années ? Quelle sorte de pouvoir possédait-elle sur lui ?

Il finit par se retourner en secouant la tête et ressortit sur la véranda. Il inspecta une nouvelle fois le baromètre : l'aiguille n'avait pas bougé. Puis il jeta un coup d'œil à sa montre.

Allie ne devrait pas tarder.

Allie avait pris son bain et était déjà habillée. Quelques instants plus tôt, elle avait ouvert la fenêtre pour vérifier la température. Il ne faisait pas froid et elle avait décidé de mettre une robe printanière de couleur crème, à manches longues et à col montant. Une robe douce et confortable, douillette même, mais jolie. Elle avait choisi des sandales blanches assorties.

Elle passa la matinée à se promener en ville. La crise avait laissé des traces ici, mais on voyait réapparaître les premiers signes de prospérité. Le théâtre maçonnique, la plus vieille salle de spectacle de la région, avait l'air un peu plus délabré mais on y projetait des films récents. Le parc de Fort Totten n'avait absolument pas changé depuis quatorze ans et elle se dit que les gosses qui jouaient sur les balançoires après l'école devaient eux aussi avoir le même air. Elle sourit à ce souvenir, se rappelant l'époque où les choses étaient plus simples. Où, du moins, elles en avaient l'air.

Aujourd'hui, semblait-il, rien n'était facile. Le

tour qu'avaient pris les événements paraissait invraisemblable! Que serait-elle en train de faire maintenant si elle n'avait pas vu l'article dans le journal? Pas très difficile à imaginer : elle faisait toujours à peu près la même chose. Le mercredi : bridge au country club, puis passage à l'Association des jeunes femmes où on était sans doute en train d'organiser une nouvelle soirée de bienfaisance pour l'école privée ou pour l'hôpital. Ensuite, visite avec sa mère, puis retour à la maison afin d'être prête pour dîner avec Lon car il mettait un point d'honneur à quitter son bureau à sept heures. C'était le soir de la semaine où elle le voyait régulièrement.

Elle réprima un certain sentiment de tristesse, espérant qu'un jour il changerait. Il l'avait souvent promis et y parvenait en général pendant quelques semaines avant de retomber dans la même routine. « Impossible ce soir, ma chérie, expliquait-il. Je suis désolé, mais je ne peux pas. Je te revaudrai ça plus tard. »

Elle n'aimait pas en discuter avec lui, essentiellement parce qu'elle savait qu'il lui disait la vérité. Son travail était très prenant, aussi bien avant un procès que pendant. Pourtant, il lui arrivait de se demander pourquoi il avait consacré tant de temps à lui faire la cour s'il n'avait pas envie de le passer avec elle.

Elle longea une galerie d'art sans presque la remarquer tant elle était préoccupée, puis elle tourna les talons et revint sur ses pas. Elle s'arrêta une seconde devant la porte, étonnée en constatant qu'elle n'avait pas mis les pieds dans une galerie depuis une éternité. Au moins trois ans, peut-être plus. Pourquoi les avait-elle évitées ?

Elle pénétra dans le magasin – ouvert avec le reste des boutiques de Front Street – et déambula parmi les tableaux. Nombre des artistes étaient du pays, et on retrouvait la forte présence de la mer dans leurs toiles : des marines, des plages de sable, des pélicans, des vieux voiliers, des remorqueurs, des jetées, des mouettes. Et, surtout, des vagues. De toutes les formes, de toutes les tailles, de toutes les couleurs imaginables. Au bout d'un moment, elle avait le sentiment qu'elles se ressemblaient toutes. Les artistes devaient manquer d'inspiration ou être paresseux.

Sur un mur étaient accrochées quelques toiles qui lui plaisaient davantage. Elles étaient l'œuvre d'un artiste dont elle n'avait jamais entendu parler : Elayn. La plupart semblaient avoir été inspirées par l'architecture des îles grecques. Dans le tableau qu'elle préférait, l'artiste avait délibérément exagéré la scène avec des personnages à une petite échelle, de larges traits et de grands coups de pinceau, comme si sa vision était un peu floue.

Les couleurs étaient vives et fortes : elles attiraient l'œil, le guidaient vers ce qu'il devait regarder. Dynamique et spectaculaire. Plus elle y pensait, plus elle aimait. Elle songeait à l'acheter quand elle se rendit compte que la toile lui plaisait parce qu'elle lui rappelait ses propres œuvres. Elle l'examina plus attentivement. Noah avait peut-être raison. Peut-être devrait-elle se remettre à peindre.

À neuf heures et demie, Allie quitta la galerie et se rendit chez Hoffman-Lane, un grand magasin du centre de la ville. En quelques minutes, elle trouva ce qu'elle cherchait au rayon des fournitures scolaires : du papier, des pastels et des crayons, pas d'excellente qualité, mais assez bons. Il ne s'agissait pas de peinture, mais c'était un début. Quand elle regagna sa chambre, elle était tout excitée. Elle s'assit à sa table et se mit au travail : rien de précis, juste pour retrouver la sensation, pour laisser les formes et les couleurs jaillir des souvenirs de sa jeunesse. Après quelques minutes de dessins abstraits, elle traça une esquisse de la scène de rue qu'elle apercevait de sa chambre, stupéfaite de voir avec quelle facilité cela revenait. On aurait dit qu'elle n'avait jamais cessé.

Quand elle eut terminé, elle examina son travail et fut satisfaite de son effort. Qu'allait-elle essayer ensuite ? Elle se décida : faute d'avoir un modèle, elle allait l'imaginer dans sa tête avant de commencer. Plus difficile que la scène de rue... Mais le coup de crayon lui venait naturellement. Le dessin commença à prendre forme.

Les minutes s'écoulèrent rapidement. Elle travaillait régulièrement, jetant un coup d'œil à l'heure de temps en temps pour ne pas être en retard. Elle termina peu avant midi. Presque deux heures de travail... mais le résultat final l'étonna : on aurait dit qu'elle y avait passé beaucoup plus de temps. Elle roula la feuille, la glissa dans une valise et rassembla le reste de ses affaires. En se dirigeant vers la porte, elle se regarda dans la glace : elle se sentait étrangement détendue, sans savoir très bien pourquoi.

Elle descendit l'escalier et s'apprêtait à quitter le hall de l'hôtel quand elle entendit une voix derrière elle.

– Mademoiselle ?

Elle se retourna, sachant que c'était elle qu'on interpellait. Le directeur, le même homme que la veille, avec une expression un peu intriguée.

– Oui ?

– Vous avez eu plusieurs appels hier soir.

Ce fut un choc.

– Vraiment ?

– Oui. Tous d'un M. Hammond.

Oh ! mon Dieu !

– Lon a appelé ?

– Oui, madame, quatre fois. C'est moi qui lui ai répondu quand il a appelé la deuxième fois. Il était un peu inquiet à votre sujet. Il a dit qu'il était votre fiancé.

Elle eut un pâle sourire, s'efforçant de dissimuler ce qu'elle éprouvait. Quatre fois ? Quatre ? Qu'est-ce que cela pouvait signifier ? Et s'il était arrivé quelque chose à la maison ?

– Il n'a rien dit ? Ce n'est pas une urgence ?

Il s'empressa de secouer la tête.

– Il n'a rien dit de précis, mademoiselle. En fait, il avait surtout l'air de s'inquiéter à votre sujet.

« Bon, se dit-elle. C'est bien. » Et puis, tout d'un coup, une petite pointe au cœur. Pourquoi cette insistance ? Pourquoi tant d'appels ? Avait-elle dévoilé quelque chose la veille ? Pourquoi se montrait-il aussi insistant ? Ça ne lui ressemblait vraiment pas.

Aurait-il pu découvrir la vérité ? Non. Impossible.

À moins que quelqu'un l'ait vue ici hier et n'ait appelé... Mais pourquoi l'aurait-on suivie jusque chez Noah ? Personne n'aurait fait ça.

Il fallait lui téléphoner maintenant. Pas moyen de l'éviter. Bizarrement, elle n'en avait pas envie. C'était son temps à elle, elle voulait le passer comme elle l'entendait. Elle n'avait pas prévu de lui parler maintenant et, sans raison, elle avait l'impression que l'appeler lui gâcherait sa journée. D'ailleurs, que lui dirait-elle ? Comment expliquerait-elle son retour tardif de la veille ? Un dîner puis une promenade ? Peut-être. Ou bien un film ? Ou alors...

– Mademoiselle ?

Presque midi. Où pouvait-il être ? Sans doute à son bureau... Non. « Au tribunal », se dit-elle tout d'un coup et, aussitôt, elle eut le sentiment d'être libérée. Impossible de lui parler, même si elle l'avait voulu. Ses émotions la surprirent. Elle ne devrait pas réagir de cette façon, elle le savait, et pourtant cela ne la gênait pas. Elle regarda sa montre.

– Il est vraiment près de midi ?

Après un coup d'œil à la pendule, le directeur acquiesça.

– Oui, moins le quart, en fait.

– Malheureusement, M. Hammond est au palais en ce moment et je ne peux pas le joindre. S'il rappelle, voulez-vous lui dire que je suis partie faire des courses et que j'essaierai de lui téléphoner plus tard ?

– Bien sûr, répondit-il.

Mais elle lisait la question dans son regard : *Où étiez-vous hier soir ?* Il savait exactement à quelle heure elle était rentrée. Trop tard pour une femme seule dans cette petite ville, elle en était certaine.

– Je vous remercie, dit-elle en souriant. Cela me rendrait service.

Deux minutes plus tard, elle roulait vers la maison de Noah, songeant avec impatience à la journée qui l'attendait, sans se préoccuper le moins du monde de ces coups de téléphone. Hier pourtant, ç'aurait été le cas ; elle se demanda ce que cela signifiait.

Au moment où elle franchissait le pont à bascule, moins de quatre minutes après qu'elle eut quitté l'hôtel, Lon téléphona du palais de justice.

L'eau qui coule

Assis dans son fauteuil à bascule, buvant du thé à la menthe, Noah guettait la venue d'Allie. Quand il entendit sa voiture s'engager dans l'allée, il passa sur le devant de la maison. Il la regarda se garer sous le grand chêne, à la même place que la veille. Clem accueillit la visiteuse en aboyant après la portière et en agitant la queue.

Allie lui fit un signe de la main, descendit, caressa la tête de Clem qui lui faisait fête, puis se tourna en souriant vers Noah qui s'avançait à sa rencontre. Elle paraissait plus détendue que la veille, plus sûre d'elle et, une nouvelle fois, il ressentit un petit choc en la voyant. Ce n'était pas comme hier : il éprouvait des sentiments nouveaux qui dépassaient les simples souvenirs. L'attirance qu'il éprouvait pour elle était devenue plus forte, plus intense et, du coup, il se sentait un peu nerveux en sa présence.

Allie le retrouva à mi-chemin. Elle portait un petit sac dans une main. Elle le surprit en l'embrassant doucement sur la joue, sa main libre s'attardant sur la taille de Noah.

– Salut, dit-elle, les yeux brillants. Où est la surprise ?

Remerciant le ciel de cette diversion, il se détendit un peu.

– Eh bien, pas même un « Bonjour » ou un « As-tu bien dormi » ?

Elle sourit. La patience n'avait jamais été une de ses qualités dominantes.

– Admirablement. Bonjour. As-tu bien dormi ? Et où est la surprise ?

Il eut un petit rire, puis se calma.

– Allie, j'ai de mauvaises nouvelles pour toi.

– Quoi donc ?

– J'allais t'emmener quelque part mais, avec ces nuages qui arrivent, je me demande si c'est une bonne idée.

– Pourquoi ?

– À cause de l'orage. Nous serons dehors et nous risquerions d'être trempés. Et puis il pourrait y avoir de la foudre.

– Il ne pleut pas encore. C'est loin ?

– Environ à un kilomètre et demi en remontant la rivière.

– Et je n'y suis encore jamais allée ?

– Pas quand c'était comme ça.

Elle réfléchit une seconde tout en regardant autour d'elle. Quand elle reprit la parole, ce fut d'une voix décidée.

– Alors, allons-y. Ça m'est égal s'il pleut.

– Tu es sûre ?

– Absolument.

Il observa de nouveau les nuages, remarqua qu'ils approchaient.

– Dans ce cas, nous ferions mieux de partir maintenant. Veux-tu que je mette ça à l'intérieur pour toi ?

Elle acquiesça, lui tendit son sac, et il partit au petit trot vers la maison pour le déposer à l'intérieur, sur un fauteuil de la pièce de séjour. Puis il prit un peu de pain qu'il fourra dans un sac et l'emporta avec lui en quittant la maison.

Ils se dirigèrent vers le canoë, Allie marchant à son côté. Un peu plus près qu'hier.

– Qu'est-ce que c'est, au juste, cet endroit ?

– Tu vas voir.

– Tu ne veux même pas me donner une indication ?

– Oh ! tu te rappelles quand nous avons pris le canöe pour aller regarder le soleil se lever ?

– J'y pensais justement ce matin. Je m'étais mise à pleurer.

– Ce que tu vas voir aujourd'hui va te faire paraître bien ordinaire ce que tu as vu alors.

– Je devrais me sentir spéciale.

Il fit quelques pas avant de répondre.

– Tu es quelqu'un de spécial, finit-il par déclarer.

La façon dont il l'avait dit amena Allie à se demander s'il n'avait pas envie d'ajouter autre chose. Mais il n'en fit rien et elle eut un petit sourire avant de détourner la tête. Elle sentit le vent sur son visage et remarqua qu'il avait fraîchi depuis ce matin.

Quelques instants plus tard, ils arrivèrent au ponton. Noah lança le sac dans le canoë, s'assura rapidement qu'il n'avait rien oublié puis fit glisser l'embarcation jusqu'à l'eau.

– Je peux faire quelque chose?

– Non, tu n'as qu'à monter.

Quand elle eut embarqué, il poussa le canoë plus avant dans l'eau, longeant toujours le ponton. Puis, d'un mouvement gracieux, il descendit dans le canöe, posant ses pieds avec soin pour empêcher l'embarcation de chavirer. Allie fut impressionnée par son agilité, sachant que ce qu'il venait de faire si vite et si facilement était plus dur que ça n'en avait l'air.

Allie s'assit à l'avant, tournée vers l'arrière. En commençant à pagayer, il lui avait dit qu'elle allait manquer la vue, mais elle avait secoué la tête en protestant qu'elle était très bien comme ça.

Et c'était vrai.

Elle pouvait admirer tout ce qui lui plaisait en tournant la tête, mais elle avait surtout envie de regarder Noah. C'était pour lui qu'elle était venue, pas pour la rivière. Le haut de sa chemise était déboutonné et elle apercevait, à chaque coup de pagaie, le jeu des muscles de son torse. Il avait relevé ses manches, et elle distinguait le léger gonflement des muscles sur ses bras. À force de pagayer tous les matins, il avait développé une bonne musculature.

« C'est artistique », songea-t-elle. Il y a chez lui quelque chose d'artistique, de naturel, comme si le fait d'être sur l'eau échappait à son contrôle, tenait à un gène que lui avait transmis on ne sait quel obscur ancêtre. Il ressemblait probablement aux premiers explorateurs qui avaient découvert cette région.

Personne ne lui ressemblait, même de loin. Il était compliqué, à bien des égards plein de contradictions, et pourtant simple. Une combinaison étrangement érotique. En surface, il avait tout d'un garçon de la campagne, revenu au pays après la guerre, et sans doute se voyait-il ainsi lui-même. Pourtant, il y avait chez lui tant de choses en plus. Peut-être était-ce la poésie qui le rendait différent, ou les valeurs inculquées par son père. En tout cas, il avait l'air de savourer la vie plus pleinement que les autres : c'était cela qui l'avait d'abord attirée chez lui.

– À quoi penses-tu ?

Elle tressaillit en entendant la voix de Noah la ramener au présent. Elle se rendit compte qu'elle avait très peu parlé depuis leur départ ; elle lui était reconnaissante du silence qu'il lui avait permis de savourer. Il avait toujours eu ce genre d'attentions.

– À de bonnes choses, répondit-elle doucement.

Et elle lut dans ses yeux qu'il savait qu'elle pensait à lui. Elle était contente qu'il s'en doute et elle espérait que lui aussi pensait à elle.

Elle comprit que quelque chose s'agitait en elle, comme des années auparavant. C'était de le regarder, d'observer les mouvements de son corps, qui lui donnait cette sensation. Et, tandis que leurs regards se croisaient une seconde, elle sentit la chaleur monter à son cou et à ses seins. Elle rougit, détournant la tête avant qu'il ne s'en aperçoive.

– C'est encore loin ? demanda-t-elle.

– À peu près un kilomètre, pas plus.

Un silence. Puis elle dit :

– C'est joli par ici. Si pur. Si calme. J'ai un peu l'impression de remonter le temps.

– Dans une certaine mesure, c'est le cas. La rivière vient de la forêt. Il n'y a pas une seule ferme entre ici et sa source, et l'eau est aussi pure que la pluie. On ne peut sans doute pas trouver plus pur.

Elle se pencha vers lui.

– Dis-moi, Noah, de quoi te souviens-tu le mieux de l'été que nous avons passé ensemble ?

– De tout.

– De rien en particulier ?

– Non.

– Tu ne te rappelles pas ?

Il répondit au bout d'un moment, d'un ton calme, grave.

– Non, ça n'est pas ça. Ce n'est pas ce que tu crois. Je parlais sérieusement quand j'ai dit « de tout ». Je me souviens de tous les moments où nous étions ensemble, et chacun d'eux avait quelque chose de merveilleux. Je n'arrive vraiment pas à en choisir un qui compte plus qu'un autre. L'été tout entier a été parfait, le genre d'été comme tout le monde devrait en vivre. Comment veux-tu que je préfère un moment à un autre ?

« Les poètes décrivent souvent l'amour comme une émotion incontrôlable, qui l'emporte sur la logique et le sens commun. Eh bien, pour moi, c'était ainsi. Je ne comptais pas tomber amoureux de toi et je ne pense pas que tu avais prévu de tomber amoureuse de moi. Mais dès l'instant où nous nous sommes rencontrés, c'était clair : ni l'un ni l'autre ne pouvaient maîtriser ce qui nous arrivait. Nous sommes tombés amoureux, malgré tout ce qui nous séparait. À partir de ce moment-là, il s'est créé quelque chose de rare et de magnifique. Je n'ai connu un tel amour qu'une seule fois. C'est pourquoi chaque minute que nous avons passée ensemble est restée gravée dans ma mémoire. Je n'en oublierai jamais un instant.

Allie le dévisagea. Personne ne lui avait jamais rien avoué de pareil. Jamais. Elle ne savait que répondre ; elle resta silencieuse, le sang aux joues.

– Allie, je suis désolé si je t'ai mise mal à l'aise. Ce n'était pas mon intention. Mais cet été-là est resté en moi, et je ne l'oublierai jamais. Je sais que ça ne peut plus être la même chose entre nous, mais ça ne change rien à ce que j'ai alors éprouvé pour toi.

Elle parla doucement, envahie par la tendresse.

– Tu ne m'as pas mise mal à l'aise, Noah... Simplement, je n'entends jamais des choses comme ça. Ce que tu as dit était si beau. Il faut un poète pour trouver des mots pareils et, je te l'ai dit, tu es le seul poète que j'aie jamais rencontré.

Un silence paisible descendit sur eux. Quelque part au loin ils entendirent le cri d'un aigle pêcheur. Un mulet jaillit de l'eau près de la berge. Le mouvement rythmé de la pagaie provoquait des remous qui agitaient imperceptiblement le bateau. La brise était tombée et les nuages noircissaient tandis que le canoë avançait vers une destination inconnue.

Allie remarquait tout, chaque son, chaque pensée. Ses sens s'étaient éveillés, la revigorant tout entière, et, dans sa tête, elle passait en revue les dernières semaines. Elle pensait à l'angoisse qu'avait provoquée chez elle l'idée de venir ici. Au choc en voyant l'article, aux nuits d'insomnie, à son agacement pendant la journée. Même hier, elle avait eu peur, et l'envie l'avait prise de repartir en courant. Maintenant, la tension s'était dissipée... pour être remplacée par autre chose. Elle s'en réjouissait, tandis que le vieux canoë rouge glissait silencieusement sur l'eau.

Elle éprouvait une étrange satisfaction à être ici. Elle était contente que Noah fût devenu le genre d'homme auquel elle s'attendait, contente de vivre à jamais avec cette certitude. Ces dernières années, elle avait vu trop d'hommes détruits par la guerre, par le temps ou par l'argent. Il fallait être fort pour se cramponner à une passion intérieure, et c'était ce que Noah avait fait.

On vivait dans un monde de travailleurs, pas de poètes, et les gens auraient du mal à comprendre Noah. L'Amérique était en plein essor, tous les journaux le proclamaient, et les gens fonçaient tête baissée, laissant derrière eux les horreurs de la guerre. Elle comprenait leurs raisons, mais, comme Lon, ils fonçaient vers de longues journées de travail et la course à l'argent, négligeant ce qui faisait la beauté du monde.

Qui connaissait-elle, à Raleigh, qui prenait le temps de rafistoler une maison ? Qui lisait Whitman ou Eliot, en trouvant des images dans sa tête, en pensant à son âme ? Qui allait traquer l'aube à la proue d'un canoë ? Aucune de ces choses ne poussait les gens, mais elle pensait pourtant qu'il ne fallait pas les considérer comme sans importance. C'étaient elles qui rendaient la vie digne d'être vécue.

À ses yeux, l'art remplissait un rôle semblable, même si elle ne s'en était rendu compte – ou plutôt ne s'en était souvenue – qu'en venant ici. Elle l'avait su, autrefois, et elle se maudit encore d'avoir oublié à quel point créer de la beauté était important. Elle était faite pour peindre. Elle en avait désormais la certitude. Ce qu'elle avait éprouvé ce matin lui en avait apporté la confirmation, et elle savait que, quoi qu'il arrive, elle allait tenter le coup encore une fois. Ça en valait la peine, malgré tout ce qu'on pouvait lui dire.

Lon l'encouragerait-il à peindre ? Elle se rappelait lui avoir montré une de ses toiles deux ou trois mois après leurs premières sorties. Un tableau abstrait qui était censé donner à réfléchir. Au fond, il ressemblait à celui qui était au-dessus de la cheminée de Noah, celui que Noah comprenait parfaitement, même si, dans celui-ci, il y avait un peu moins de passion. Lon l'avait regardé comme s'il l'inspectait, puis il lui avait demandé ce qu'il était censé représenter. Elle ne s'était pas donné la peine de répondre.

Elle secoua la tête. Elle n'était pas tout à fait juste. Elle aimait Lon, elle l'avait toujours aimé, pour d'autres raisons. Même s'il n'était pas Noah, Lon était un type bien, le genre d'homme qu'elle avait toujours su qu'elle épouserait. Avec Lon, il n'y aurait pas de surprises, et il était réconfortant de savoir ce que l'avenir allait apporter. Il serait pour elle un mari attentionné; elle serait une bonne épouse. Elle aurait un foyer proche de ses amis et de sa famille, des enfants, une place respectable dans la société. Une existence à laquelle elle s'était toujours attendue, une vie qu'elle voulait mener. Bien sûr, elle ne qualifierait pas leurs relations de passionnelles, mais elle s'était persuadée voilà longtemps que la passion n'était pas indispensable, pas même dans le mariage. Avec le temps, la passion dépérissait; elle était remplacée par des affinités d'humeur, par une bonne entente. Cela existait entre elle et Lon, et elle avait pensé qu'elle n'avait pas besoin de plus.

Maintenant, en observant Noah pagayer, elle n'en était plus si sûre. Dans tout ce qu'il faisait, dans tout ce qu'il était, il respirait la sexualité, et elle se prit à penser à lui d'une façon qui ne convenait guère à une jeune fiancée. Elle essayait de ne pas le dévisager et souvent elle détournait les yeux; mais il bougeait son corps avec une telle aisance qu'elle avait du mal à rester longtemps sans le regarder.

– Nous y voilà, lança Noah en dirigeant le canoë vers des arbres près de la berge.

Allie scruta les alentours; elle ne voyait rien de particulier.

– Où est-ce?

– Ici, dit-il en pilotant le canoë vers un vieil arbre abattu masquant une ouverture presque entièrement dissimulée au regard.

Il contourna l'arbre et tous deux durent baisser la tête pour ne pas se cogner aux branches.

– Ferme les yeux, murmura-t-il.

Allie obéit, portant les mains à son visage. Elle entendait le clapotis de l'eau, sentait le mouvement du bateau que Noah faisait avancer en l'éloignant du courant.

– Bon, dit-il enfin après s'être arrêté de pagayer. Maintenant, tu peux ouvrir les yeux.

Cygnes et orages

Ils étaient immobiles au milieu d'un petit étang alimenté par les eaux de Brice Creek. Il n'était pas grand – peut-être une centaine de mètres de large –, mais elle fut surprise de constater à quel point il avait été invisible quelques instants plus tôt.

C'était spectaculaire. Ils étaient littéralement cernés par des cygnes trompettes et des oies du Canada. Des milliers. Les oiseaux flottaient si près les uns des autres qu'à certains endroits elle n'apercevait plus l'eau. De loin, les groupes de cygnes ressemblaient presque à des icebergs.

– Oh ! Noah. Que c'est beau.

Ils restèrent un long moment silencieux à admirer les oiseaux. Noah lui désigna un groupe d'oisillons récemment éclos qui clopinaient derrière un troupeau d'oies près de la rive, en s'efforçant de suivre leur allure.

Tandis que Noah faisait progresser le canöe, l'air retentissait de cris et de gazouillis. Dans l'ensemble, les oiseaux les ignoraient. Les seuls qu'ils semblaient gêner étaient ceux obligés de se déplacer à l'approche du canoë. Allie tendit la main pour toucher les plus proches et sentit leurs plumes s'ébouriffer sous ses doigts.

Noah tendit à Allie le sac de pain qu'il avait apporté. Elle émietta la mie en favorisant les petits, riant et souriant de les voir nager en cercles en quête de nourriture.

Aux premiers grondements lointains du tonnerre – assourdis mais puissants –, tous deux comprirent qu'il était temps de partir.

Noah les ramena jusqu'au courant, pagayant plus vigoureusement que précédemment. Elle était encore stupéfaite de ce qu'elle venait de voir.

– Noah, que font-ils ici ?

– Je ne sais pas. Les cygnes venant du nord émigrent chaque hiver jusqu'au lac Matamuskeet, mais, cette fois, ils se sont arrêtés ici. Pourquoi ? Je ne le sais pas. Les blizzards précoces y sont peut-être pour quelque chose. Peut-être se sont-ils perdus. Oh ! ils retrouveront bien leur chemin.

– Ils ne vont pas rester ?

– J'en doute. Ils sont poussés par l'instinct, et ce n'est pas leur emplacement habituel. Certaines des oies hiverneront probablement ici. Mais les cygnes retourneront à Matamuskeet.

Noah ramait dur tandis que des nuages sombres roulaient au-dessus de leurs têtes. La pluie bientôt se mit à tomber, d'abord une petite ondée qui, peu à peu, prit de la force. Un éclair... un temps... et de nouveau le tonnerre. Un peu plus fort cette fois. Peut-être à une dizaine de kilomètres. La pluie redoublait tandis que Noah pagayait avec encore plus d'acharnement, ses muscles se tendant à chaque coup de pagaie.

Les gouttes maintenant étaient plus grosses...

Elles tombaient...

Elles tombaient en rafales...

Elles tombaient dures et drues... Noah avançait... faisait la course contre le ciel... trempé... se maudissant... vaincu par la nature...

Maintenant, il pleuvait à verse ; Allie regardait la pluie tomber du ciel en diagonale, s'efforçant de braver la pesanteur, portée par des vents d'ouest qui sifflaient au-dessus des arbres. Le ciel s'assombrit encore, de grosses gouttes tombaient des nuages. Une pluie d'ouragan.

Allie aimait cela ; elle renversa un moment la tête en arrière pour laisser l'eau lui fouetter le visage. Elle savait que dans deux minutes son corsage allait être trempé, mais ça lui était égal. Le remarquerait-il ? Oui, sans doute.

Elle se passa les mains dans les cheveux : ils étaient tout mouillés. Quelle merveilleuse sensation ! Elle adorait. Tout lui semblait extraordinaire. À travers la pluie, elle entendait le souffle rauque de Noah, et ce bruit provoquait chez elle une excitation sexuelle comme elle n'en avait pas ressenti depuis des années.

Un nuage creva, déversant des trombes d'eau. Allie leva les yeux en riant, renonçant à tout effort pour ne pas être mouillée. Cela rassura Noah. Il s'était demandé comment elle allait réagir. Même si c'était elle qui avait pris la décision de venir, elle ne s'attendait sans doute pas à être surprise par un orage pareil.

Deux minutes plus tard, ils atteignirent le ponton. Noah s'en rapprocha suffisamment pour que Allie puisse débarquer. Il l'aida, puis descendit à son tour du canoë, qu'il tira sur la berge, assez loin pour que le courant ne puisse pas l'emporter. À tout hasard, il l'amarra au ponton, sachant qu'une minute de plus sous la pluie ne changerait pas grand-chose pour lui.

Tout en attachant l'embarcation, il leva les yeux vers Allie et resta une seconde le souffle coupé. Elle était incroyablement belle, à l'attendre là, en l'observant, parfaitement à l'aise. Elle n'essayait pas de rester au sec ni de se mettre à l'abri, et il distinguait le contour de ses seins sous la robe étroitement moulée à son corps. La pluie n'était pas froide, mais il voyait les pointes de ses seins se dresser, dures comme des petites pierres. Une chaleur lui envahit les reins et il s'empressa de se détourner, un peu embarrassé, marmonnant tout seul et bénissant la pluie qui étouffait ses murmures. Il termina son nœud et se redressa. Allie lui prit la main, ce qui l'étonna. Malgré l'averse, ils ne se précipitèrent pas en courant vers la maison, et Noah imagina ce que ce serait que de passer la nuit avec elle.

Allie aussi se posait des questions. Elle sentait la chaleur de ses mains et se demandait quelle impression cela ferait de les sentir s'attarder lentement sur son corps, sur sa peau. Y penser l'obligea à prendre une profonde inspiration ; elle éprouvait des picotements à la pointe des seins, et une chaleur nouvelle la gagnait.

Quelque chose avait changé depuis sa venue ici. À quel moment exact est-ce arrivé – hier après le dîner, cet après-midi dans le canoë, quand ils avaient vu les cygnes, ou peut-être maintenant, tandis qu'ils marchaient en se tenant par la main – ? elle ne le savait pas. Mais elle était de nouveau tombée amoureuse de Noah Taylor Calhoun. Peut-être, peut-être, n'avait-elle jamais cessé de l'être.

Il n'y avait aucune gêne entre eux lorsqu'ils atteignirent la porte et que tous deux entrèrent dans le vestibule, leurs vêtements ruisselants.

– Tu as apporté de quoi te changer?

Elle secoua la tête. Elle sentait encore toutes ces émotions déferler en elle et se demandait si son visage les trahissait.

– Je dois pouvoir te trouver quelque chose pour que tu puisses ôter ces affaires trempées. Ce sera peut-être un peu grand, mais au moins tu auras chaud.

– N'importe quoi fera l'affaire.

– Je reviens dans une seconde.

Noah se débarrassa de ses bottes puis monta l'escalier en courant et redescendit une minute plus tard. Il tenait sous un bras un pantalon de cotonnade et une chemise à manches longues, sous l'autre des jeans et une chemise bleue.

– Tiens, dit-il en lui tendant le pantalon et la chemise. Tu peux te changer dans la chambre, là-haut. Il y a aussi une salle de bains avec des serviettes, si tu veux prendre une douche.

Elle le remercia d'un sourire et monta, sentant sur elle le regard de Noah. Elle entra dans la chambre, referma la porte, posa sur le lit le pantalon et la chemise, et se débarrassa de ses vêtements. Nue, elle passa dans la penderie. Elle trouva un cintre et y accrocha sa robe, son soutien-gorge et sa culotte, puis elle alla les suspendre dans la salle de bains pour qu'ils ne dégouttent pas sur le parquet. Elle ressentit une secrète excitation à se trouver nue dans la chambre où il dormait.

Elle n'avait pas envie de se doucher après la pluie. Elle aimait cette douce sensation sur sa peau : cela lui rappelait comment les gens vivaient autrefois. De façon naturelle. Comme Noah. Elle passa les vêtements qu'il lui avait donnés avant de se regarder dans la glace. Le pantalon était large et long; elle rentra la chemise à l'intérieur et retroussa le bas pour qu'il ne traîne pas par terre. Le col était un peu déchiré et la chemise pendait sur une épaule, mais elle aimait assez la façon dont elle lui allait. Elle remonta les manches presque jusqu'aux coudes, se dirigea vers la commode et enfila des chaussettes qu'elle découvrit dans un tiroir, puis passa dans la salle de bains pour trouver une brosse à cheveux. Elle brossa sa chevelure mouillée pour la démêler et la laissa pendre sur ses épaules. En se regardant dans le miroir, elle regretta de ne pas avoir apporté une pince ou quelques épingles à cheveux.

Et du mascara. Mais que pouvait-elle faire ? Il lui en restait encore un peu sur les yeux, du matin : elle fit du mieux qu'elle put quelques retouches avec un gant de toilette.

Quand elle eut terminé, elle s'inspecta dans la glace; elle se sentait jolie.

Noah était dans la salle de séjour, accroupi devant un feu qu'il s'efforçait de ranimer. Il ne l'avait pas vue entrer et elle suivit ses gestes des yeux. Il s'était changé lui aussi et était séduisant, avec ses épaules larges, ses cheveux mouillés qui recouvraient son col, ses jeans ajustés.

Il tisonna les braises, déplaça les bûches et ajouta un peu de petit bois. Adossée au chambranle de la porte, une jambe croisée par-dessus l'autre, Allie continuait de l'observer. Au bout de quelques minutes, le feu se remit à flamber. Noah se tourna pour remettre en ordre le bois inutilisé et l'aperçut du coin de l'œil. Il se tourna aussitôt vers elle.

Il la trouva superbe, même dans les vêtements qu'il lui avait prêtés. Il se détourna timidement et se remit à entasser les bûches.

– Je ne t'ai pas entendue arriver, dit-il, d'un ton qu'il essaya de rendre nonchalant.

– Je sais. C'était voulu.

Elle savait ce qu'il avait pensé et éprouva une petite pointe d'amusement en songeant à quel point il avait l'air jeune.

– Depuis combien de temps tu es là ?

– Deux minutes.

Noah s'essuya les mains sur son pantalon puis désigna la cuisine.

– Je peux te préparer du thé ? J'ai mis l'eau à chauffer pendant que tu étais là-haut.

Il faisait la conversation pour garder l'esprit clair. Mais, bon sang, cet air qu'elle avait...

Elle resta songeuse une seconde, surprit le regard qu'il lui lança et sentit ses vieux instincts reprendre le dessus.

– Tu n'as rien de plus fort, ou bien est-il trop tôt pour boire ?

Il sourit.

– J'ai du bourbon dans le placard... Ça ira ?

– Formidable.

Il s'éloigna vers la cuisine. Allie le regarda passer une main dans ses cheveux humides puis disparaître.

Il y eut un violent coup de tonnerre et une autre averse commença. Allie entendait le déferlement de la pluie sur le toit, le craquement des bûches tandis que les flammes éclairaient la pièce. Elle se tourna vers la fenêtre. Un instant, le ciel gris s'illumina. Suivit un autre grondement de tonnerre. Tout près, cette fois.

Elle prit une couverture sur le canapé, s'en enveloppa et s'assit sur le tapis devant le feu. Confortablement installée, elle admira les flammes qui dansaient. Noah posa deux verres à côté d'elle et versa du bourbon dans chacun d'eux. Dehors, le ciel s'assombrissait.

Nouveau coup de tonnerre. Violent. L'orage se déchaînait, le vent balayant la pluie en rafales.

– Sacré orage ! s'exclama Noah tandis que les gouttes ruisselaient en filets verticaux sur les fenêtres.

Allie et lui étaient l'un contre l'autre, mais ne se touchaient pas. Noah voyait la poitrine d'Allie se soulever légèrement à chaque respiration. Une fois de plus il imagina le contact de son corps avant de repousser cette idée.

– J'aime bien, dit-elle en buvant une gorgée. J'ai toujours aimé les orages. Même quand j'étais petite.

– Pourquoi ?

Dire n'importe quoi, pour garder son équilibre.

– Je ne sais pas. Ça m'a toujours paru romantique.

Elle resta un moment silencieuse. Le feu scintillait dans ses yeux émeraude. Elle reprit :

– Tu te souviens comme nous étions restés assis ensemble à regarder l'orage quelques soirs avant mon départ ?

– Bien sûr.

– J'y pensais tout le temps après être rentrée. Je n'arrêtais pas de penser à ton air, ce soir-là. Je me souvenais toujours de toi comme ça.

– J'ai beaucoup changé ?

Elle but encore une gorgée de bourbon et sentit la chaleur de l'alcool se répandre en elle. Elle lui toucha la main en répondant :

– Pas vraiment. Pas dans les souvenirs que je garde. Tu es plus âgé, bien sûr, tu as plus d'expérience, mais tu as toujours la même lueur dans le regard. Tu lis toujours de la poésie et tu fais du canoë sur les rivières. Tu as une douceur que même la guerre n'a pu t'enlever.

Il réfléchit à ce qu'elle venait de dire. Il sentait la main d'Allie s'attarder sur la sienne, son pouce y traçant de lents cercles.

– Allie, tu m'as demandé tout à l'heure quels souvenirs je gardais de cet été-là. De quoi te souviens-tu, toi ?

Elle mit un moment avant de répondre. Sa voix semblait venir d'ailleurs.

– Je me souviens d'avoir fait l'amour. C'est surtout ça que je me rappelle. Tu étais mon premier, et c'était plus merveilleux que je ne l'avais imaginé.

Noah porta son verre à ses lèvres. Ce souvenir faisait remonter les sentiments d'autrefois. Brusquement, il secoua la tête. C'était déjà assez dur comme ça. Elle poursuivit.

– J'avais si peur, avant, que j'en tremblais, mais, en même temps, j'étais excitée. Je suis contente que tu aies été le premier. Je suis contente que nous ayons pu partager ça.

– Moi aussi.

– Tu avais aussi peur que moi ?

Noah hocha la tête en silence et elle sourit de sa franchise.

– C'est bien ce que je pensais. Tu as toujours été timide. Surtout au début. Tu m'avais demandé si j'avais un petit ami et, quand je t'ai répondu que oui, c'est à peine si tu m'as encore parlé.

– Je ne voulais pas m'interposer entre vous deux.

– C'est quand même ce que tu as fini par faire, malgré tes proclamations d'innocence, dit-elle en souriant. Et j'en suis très heureuse.

– Quand as-tu fini par lui dire, pour nous ?

– Quand je suis rentrée à la maison.

– Ç'a été difficile ?

– Pas du tout. J'étais amoureuse de toi.

Elle lui pressa la main, la lâcha et se rapprocha de lui. Elle glissa la main sous son bras et posa la tête sur son épaule. Il sentait son odeur, tiède et douce comme la pluie. Elle parlait doucement :

– Tu m'as raccompagnée après la fête, tu te rappelles ? Je t'ai demandé si tu voulais me revoir. Tu t'es contenté de hocher la tête sans un mot. Ce n'était pas très encourageant.

– Je n'avais encore jamais rencontré personne comme toi. C'était plus fort que moi. Je ne savais pas quoi dire.

– Je sais bien. Tu n'as jamais rien su cacher. Ton regard te trahissait. Tu avais des yeux merveilleux.

Elle s'interrompit, leva la tête et le regarda bien en face. Quand elle parla, sa voix n'était guère plus qu'un chuchotement.

– Je crois que je t'ai aimé plus cet été-là que j'aie jamais aimé personne.

Encore un éclair. Dans les instants de silence précédant le tonnerre, leurs regards se croisèrent, s'efforçant d'effacer ces quatorze années. Quelque chose avait changé depuis la veille. Quand le tonnerre gronda enfin, Noah poussa un soupir et tourna la tête vers les fenêtres.

– Je regrette que tu n'aies pas pu lire les lettres que je t'ai écrites.

Un long moment elle resta silencieuse.

– Il n'y a pas que toi, Noah. Après être rentrée à la maison, je t'ai écrit une douzaine de lettres. Seulement je ne les ai jamais envoyées.

– Pourquoi ça ? fit Noah, surpris.

– Je pense que j'avais trop peur.

– De quoi ?

– Peut-être que notre histoire ne soit pas aussi réelle que je le croyais. Que tu m'aies oubliée.

– Jamais je n'aurais pu t'oublier ! Ça ne me venait même pas à l'idée !

– Maintenant, je le sais. Je le vois quand je te regarde. Dans ce temps-là, c'était différent. Il y avait tant de choses que je ne comprenais pas. Des choses qui dépassaient une jeune fille.

– Qu'est-ce que tu veux dire ?

Elle s'interrompit pour mettre de l'ordre dans ses pensées.

– Comme tes lettres ne sont jamais arrivées, je ne savais pas quoi penser. Je me souviens d'avoir parlé à ma meilleure amie de ce qui s'était passé, cet été-là, et elle m'a expliqué que tu avais eu ce que tu voulais et qu'il n'était donc pas étonnant que tu n'écrives pas. Je n'arrivais pas à croire que tu étais comme ça. Je ne l'ai jamais cru... Mais à force de l'entendre et de réfléchir à tout ce qui nous séparait, j'ai fini par me demander si cet été n'avait pas compté plus pour moi que pour toi... Et pendant que je ressassais tout ça dans ma tête, j'ai eu des nouvelles de Sarah. Elle me disait que tu avais quitté New Bern.

– Fin et Sarah ont toujours su où j'étais.

De la main, elle l'arrêta.

– Je sais, mais je ne leur ai jamais demandé. J'ai pensé que tu avais quitté New Bern pour commencer une vie nouvelle, une vie sans moi. Sinon, pourquoi ne pas m'écrire ? Ou me téléphoner ? Ou venir me voir ?

Noah détourna les yeux sans répondre, et elle continua :

– Avec le temps, la douleur a commencé à s'effacer, et c'était plus facile de simplement laisser tomber. J'ai cru, du moins, que ça l'était. Mais, dans chaque garçon que j'ai rencontré, les années suivantes, je me surprenais à te chercher, et quand mes sentiments devenaient trop forts, je t'écrivais une autre lettre. Pourtant, je ne les envoyais jamais, de crainte de ce que je pourrais découvrir.

Je ne voulais pas t'imaginer en train d'aimer quelqu'un d'autre. Je voulais me souvenir de nous comme nous étions cet été-là. Je ne voulais surtout pas perdre ça.

Elle avait dit cela si gentiment, si innocemment que, quand elle eut terminé, Noah aurait voulu l'embrasser. Mais il n'en fit rien. Il se contenta de lutter contre son envie, de la refouler, sachant que ce n'était pas ce dont elle avait besoin. Elle lui semblait pourtant si merveilleuse, à le toucher comme ça...

– La dernière lettre que je t'ai écrite, ça devait être il y a deux ans. Après avoir fait la connaissance de Lon, j'ai écrit à ton père pour savoir où tu étais. Mais ça faisait si longtemps que je ne t'avais pas vu que je n'étais même pas sûre qu'il serait encore là. Et puis, avec la guerre...

Elle ne termina pas sa phrase et ils restèrent un moment silencieux, perdus dans leurs pensées. Un nouvel éclair illumina le ciel avant que Noah rompe le silence.

– Je regrette quand même que tu ne l'aies pas envoyée.

– Pourquoi ?

– Rien que pour avoir de tes nouvelles. Pour savoir ce que tu étais devenue.

– Tu aurais sans doute été déçu. Ma vie n'a rien de très excitant. D'ailleurs, je ne suis pas exactement ce dont tu te souvenais.

– Tu es mieux que ce dont je me souvenais, Allie.

– Tu es gentil, Noah.

Il faillit s'arrêter là, sachant que s'il gardait ces mots en lui il parviendrait d'une façon ou d'une autre à conserver le contrôle de ses sentiments, le même contrôle qu'il avait maintenu ces quatorze dernières années. Mais quelque chose l'avait dépassé et il s'y abandonna, espérant vaguement que cela les ramènerait à ce qu'ils avaient connu voilà si longtemps.

– Je ne te le dis pas parce que je suis gentil. Je te le dis parce que je t'aime et que je t'ai toujours aimée. Plus que tu ne peux imaginer.

Une bûche craqua, projetant des étincelles dans la cheminée. Ils remarquèrent tous deux les braises rougeoyantes, presque entièrement consumées. Il fallait remettre du bois dans l'âtre, mais aucun d'eux ne fit un geste.

Allie prit une autre gorgée de bourbon. Elle commençait à en sentir les effets, mais ce n'était pas seulement l'alcool qui faisait qu'elle serrait un peu plus fort Noah pour sentir sa chaleur contre elle. Jetant un coup d'œil par la fenêtre, elle vit que les nuages étaient presque noirs.

– Laisse-moi faire repartir le feu, dit Noah.

Il avait besoin de réfléchir et elle le libéra. Il s'approcha du foyer, écarta le pare-feu et ajouta quelques bûches. Avec le pique-feu, il déplaça le fagot qui brûlait, s'assurant que le bois qu'il venait d'ajouter allait s'enflammer sans difficulté.

Les flammes recommencèrent à s'étaler et Noah revint auprès d'elle. De nouveau elle se blottit contre lui, posa la tête sur son épaule comme tout à l'heure, en silence, lui passant doucement la main sur la poitrine. Noah se pencha plus près et lui murmura à l'oreille :

– Ça me rappelle comment nous étions autrefois. Quand nous étions jeunes.

Elle sourit parce qu'elle pensait la même chose, et ils contemplèrent le feu et la fumée, serrés l'un contre l'autre.

– Noah, tu ne me l'as pas demandé, mais je tiens à ce que tu saches une chose.

– Quoi donc ?

Elle reprit d'une voix attendrie.

– Noah, il n'y en a jamais eu un autre. Tu n'as pas seulement été le premier : tu es le seul. Je ne m'attends pas à ce que tu m'en dises autant, mais je tenais à ce que tu le saches.

Noah se détourna en silence. Elle passa la main sous sa chemise, sur les muscles durs et fermes, tandis qu'ils se penchaient l'un contre l'autre.

Elle se rappela quand ils s'étaient serrés ainsi pour ce qu'ils avaient cru être la dernière fois. Ils étaient assis sur un muret construit pour retenir les eaux de la Neuse. Elle pleurait parce qu'ils ne se reverraient peut-être jamais et qu'elle se demandait si elle pourrait être de nouveau heureuse. Au lieu de répondre, il lui avait glissé un billet dans la main. Elle le lut en rentrant chez elle. Elle l'avait conservé et le relisait en entier ou parfois seulement en partie. Elle avait lu l'un des passages au moins cent fois. Il lui traversa la tête.

Si ça fait si mal de se séparer, c'est parce que nos âmes sont liées. Peut-être qu'elles l'ont toujours été et le seront toujours. Peut-être que nous avons vécu mille vies avant celle-ci et que dans chacune d'elles nous nous sommes trouvés. Et peut-être que chaque fois nous avons été séparés pour les mêmes raisons. Ça veut dire que cet adieu est à la fois un adieu pour les dix mille ans passés et un prélude à ce qui va venir.

Quand je te regarde, je vois ta beauté et ta grâce et je sais qu'elles se sont renforcées à chaque existence que tu as vécue. Et je sais que j'ai passé chacune de mes vies avant celle-ci à te chercher. Non pas quelqu'un comme toi, mais toi, car ton âme et la mienne doivent toujours s'unir. Et puis, pour une raison qu'aucun de nous ne comprend, nous avons toujours été forcés de nous dire adieu.

J'aimerais te dire que tout va s'arranger pour nous, et je te promets de faire tout mon possible pour m'en assurer. Mais si nous ne devons plus jamais nous rencontrer et si c'est vraiment un adieu je sais que nous nous reverrons dans une autre vie. Nous nous retrouverons de nouveau; peut-être que les étoiles auront changé et que nous ne nous aimerons pas seulement cette fois-là mais pour toutes les autres fois que nous avons connues auparavant.

« Était-ce possible ? » se demanda-t-elle. Pourrait-il avoir raison ?

Elle n'avait jamais totalement écarté cette idée; elle voulait s'y accrocher, au cas où elle serait vraie. Cette promesse l'avait aidée dans bien des moments difficiles. Mais se trouver assise ici, avec lui, semblait contredire la théorie selon laquelle ils étaient destinés à être toujours séparés. À moins que les étoiles n'aient changé depuis la dernière fois qu'ils étaient ensemble...

Peut-être que oui, mais elle préférait ne pas vérifier. Elle choisit de se blottir contre lui, de sentir la chaleur entre eux, de sentir son corps, le bras qui l'enlaçait. Elle se mit à trembler d'impatience, comme la première fois...

Ça lui paraissait si normal d'être ici. Tout semblait bien. Le feu, les verres qu'ils buvaient, l'orage : on n'aurait pu rêver plus parfait. Comme par magie, semblait-il, leurs années de séparation s'effaçaient.

Un éclair déchira le ciel. Les flammes sautillaient sur le bois rougeoyant, répandant une douce chaleur. La pluie d'octobre ruisselait contre les carreaux, noyant tout autre bruit.

Ils cédèrent alors à tout ce qu'ils avaient combattu depuis quatorze ans. Allie leva la tête et le regarda avec des yeux embrumés, Noah lui posa un baiser sur les lèvres. Elle porta la main jusqu'au visage penché sur elle et lui toucha la joue, l'effleurant de ses doigts. Il se baissa lentement et l'embrassa encore, toujours avec douceur et tendresse. Elle lui rendit son baiser, sentant les années de séparation fondre dans la passion.

Elle ferma les yeux et entrouvrit les lèvres tandis que lentement, légèrement, il lui caressait les bras. Il embrassa son cou, sa joue, ses paupières, et elle sentit la moiteur de sa bouche s'attarder là où ses lèvres l'avaient touchée.

Elle lui prit la main et la guida vers ses seins ; un gémissement monta dans sa gorge lorsqu'il les palpa doucement à travers le tissu léger.

Avec l'impression de vivre un rêve, elle s'écarta de lui, la lueur du feu illuminant son visage. Sans un mot, elle lui déboutonna sa chemise. Il la regarda faire, écoutant le doux murmure de sa respiration. À chaque bouton il sentait les doigts d'Allie lui effleurer la peau et, quand elle eut terminé, elle lui sourit. Il la sentit glisser ses mains sur sa peau, avec une extrême légèreté, et il la laissa explorer son corps. Il était brûlant. Elle passa la main sur sa poitrine un peu moite, sentant les poils sous ses doigts. Se penchant, elle lui picora le cou de baisers tout en lui retirant sa chemise, lui bloquant les bras derrière le dos. Elle leva la tête pour qu'il puisse l'embrasser tandis qu'il roulait des épaules pour se dégager des manches.

Il se pencha lentement vers elle, souleva sa chemise et parcourut lentement le ventre lisse avec son doigt avant de l'aider à ôter son vêtement. Elle avait le souffle un peu court quand Noah baissa la tête pour l'embrasser entre les seins, quand elle sentit sa langue remonter lentement jusqu'à son cou. Ses mains lui caressaient avec douceur le dos, les bras, les épaules. Leurs corps s'enlacèrent, peau contre peau. Il l'embrassa sur la nuque, la mordilla délicatement tandis qu'elle soulevait les hanches pour qu'il puisse lui retirer son pantalon. Elle trouva le bouton-pression de ses jeans, le défit. Ce fut presque au ralenti que leurs corps nus finirent par se rejoindre. Tous deux tremblaient au souvenir de ce qu'ils avaient jadis partagé.

Il fit courir sa langue le long du cou d'Allie tandis que ses mains glissaient sur la peau lisse et chaude des seins, descendaient le long du ventre, passaient le nombril et remontaient. Qu'elle était belle ! Ses cheveux brillants étincelaient à la lumière. Sa peau, douce et magnifique, brillait délicatement à la lueur du feu. Il sentit sur son dos les mains d'Allie qui l'attiraient vers elle.

Ils s'étendirent devant la cheminée. On eût dit qu'avec la chaleur l'air s'épaississait. Elle cambra le dos lorsqu'il roula sur elle d'un mouvement souple. Elle lui couvrit de baisers le menton et le cou, lui lécha les épaules, goûtant la sueur qui s'attardait sur son corps. Tandis qu'il se maintenait au-dessus d'elle, les muscles de ses bras tendus dans l'effort, elle lui passa les mains dans les cheveux et, avec une petite moue tentatrice, l'attira plus près. Mais il résistait. Lorsqu'il lui caressa légèrement la poitrine, elle sentit un désir impatient la gagner. Il répéta son geste, couvrant de baisers chaque partie de son corps, l'écoutant pousser de petits gémissements étouffés tandis qu'il bougeait au-dessus d'elle.

Il continua jusqu'au moment où c'était plus qu'elle n'en pouvait supporter. Quand enfin ils s'unirent, elle poussa un cri et enfonça avec force ses doigts dans le dos de Noah. Elle enfouit son visage contre son cou et le sentit profondément en elle ; elle sentait sa force et sa douceur, ses muscles et son âme. Elle remuait en rythme contre lui, le laissant l'emmener là où il en avait envie, là où elle savait qu'était sa place.

Elle ouvrit les yeux et l'observa à la lueur du feu,

s'émerveillant de sa beauté. Elle vit son corps étinceler d'une sueur cristalline. Les gouttes ruisselaient le long de sa poitrine et tombaient sur elle, comme la pluie au-dehors. À chaque goutte, à chaque souffle, elle avait l'impression que tout son être, toutes ses responsabilités, toutes les facettes de son existence s'esquivaient.

Leurs corps reflétaient tout ce que chacun donnait, tout ce que chacun prenait ; elle éprouvait en récompense une sensation dont elle avait ignoré l'existence. Cela continuait encore et encore, dans un frémissement qui lui parcourait le corps et l'embrasait avant de s'apaiser. Alors elle faisait un effort pour reprendre son souffle tout en tremblant sous lui. Mais, dès l'instant où c'était fini, un nouveau frisson commençait à naître, et elle se mit à les ressentir en longues successions. La pluie avait cessé, le soleil s'était couché, son corps était épuisé, mais elle ne voulait pas que cesse le plaisir entre eux.

Ils passèrent la journée dans les bras l'un de l'autre, s'étreignant tandis que les flammes s'enroulaient autour des bûches. Parfois, allongé auprès d'elle, il lui récitait un de ses poèmes favoris, et elle écoutait, les yeux clos, les mots dont la présence était presque palpable. Puis, quand ils étaient prêts, ils s'unissaient de nouveau et, entre deux baisers, il murmurait des mots d'amour pendant que leurs bras se nouaient.

Ils s'aimèrent ainsi toute la soirée, pour rattraper les années de séparation et, cette nuit-là, ils dormirent dans les bras l'un de l'autre. De temps en temps, il s'éveillait pour la regarder, pour voir son corps épuisé et rayonnant. Et il avait le sentiment que tout était harmonieux en ce monde.

À un moment, comme il la contemplait quelques instants avant le lever du jour, elle battit des paupières, sourit et essaya de lui caresser le visage. Il posa les doigts sur ses lèvres pour l'empêcher de parler et, un long moment, ils se contentèrent de se regarder.

Quand l'émotion qui l'étranglait se fut calmée, il lui murmura :

– Tu es la réponse à toutes les prières que j'ai adressées. Tu es une chanson, un rêve, un murmure, et je ne sais pas comment j'ai pu aussi longtemps vivre sans toi. Je t'aime, Allie, plus que tu ne pourras jamais l'imaginer. Je t'ai toujours aimée et je t'aimerai toujours.

– Oh ! Noah ! dit-elle en l'attirant à elle.

Elle avait envie de lui, besoin de lui, maintenant plus que jamais, plus fort que tout ce qu'elle avait jamais connu.

Prétoires

Plus tard, ce matin-là, trois hommes – deux avocats et le juge – étaient assis dans le cabinet du magistrat tandis que Lon terminait de parler. Un moment s'écoula avant que le juge lui répondît.

– Il s'agit d'une requête inhabituelle. Il me semble que le procès pourrait fort bien se terminer aujourd'hui. Voulez-vous dire que cette affaire urgente ne peut pas attendre jusqu'à la fin de la soirée ou jusqu'à demain ?

– Non, Votre Honneur, ce n'est pas possible, répondit Lon, un peu trop précipitamment.

« Détends-toi, se dit-il. Prends une profonde inspiration. »

– Et cette affaire n'a rien à voir avec ce procès ?

– Non, Votre Honneur. Elle est d'ordre personnel. Je sais que c'est exceptionnel, mais j'ai vraiment besoin de régler ce problème.

Bon, c'était mieux.

Le juge se renversa dans son fauteuil et l'examina un moment.

– Monsieur Bates, qu'en pensez-vous ?

L'autre s'éclaircit la voix.

– M. Hammond m'a téléphoné ce matin et j'en ai déjà discuté avec mes clients. Ils sont disposés à différer jusqu'à lundi.

– Je vois, dit le juge. Croyez-vous que ce soit dans l'intérêt de vos clients ?

– Je le crois. M. Hammond a accepté de rouvrir la discussion sur un certain point qui n'avait pas encore été abordé.

Le juge les considéra longuement tous les deux et réfléchit.

– Je n'aime pas cela, finit-il par déclarer. Pas du tout. Mais M. Hammond n'a jamais auparavant présenté une telle demande. J'imagine que cette affaire est très importante pour lui.

Il marqua une pause théâtrale, puis examina des papiers sur son bureau.

– Je veux bien accepter de renvoyer l'affaire à lundi. Neuf heures précises.

– Je vous remercie, Votre Honneur, dit Lon.

Deux minutes plus tard, il quittait le palais de justice. Il se dirigea vers la voiture qu'il avait garée juste en face, s'installa au volant et, les mains tremblantes, démarra en direction de New Bern.

Une visite inattendue

Noah prépara le petit déjeuner pour Allie pendant qu'elle dormait dans le salon : du bacon, des biscuits et du café, rien de spectaculaire. Quand elle fut réveillée, il posa le plateau près d'elle et, dès qu'ils eurent terminé le café, ils firent de nouveau l'amour. Avec acharnement, comme pour bien confirmer ce qu'ils avaient partagé la veille. Allie cambra le dos et poussa un grand cri quand déferla sur elle l'ultime vague de plaisir, puis elle noua ses bras autour de lui tandis qu'ils respiraient à l'unisson, épuisés.

Ils se douchèrent ensemble; ensuite, Allie enfila sa robe, qui avait séché pendant la nuit. Elle passa la matinée avec Noah. Ils donnèrent tous deux à manger à Clem et inspectèrent les fenêtres pour s'assurer que l'orage n'avait causé aucun dégât. Deux pins avaient été abattus, sans causer beaucoup de dommages; quelques bardeaux de l'appentis avaient été emportés par le vent mais, à part cela, la propriété n'avait pratiquement pas souffert.

Presque toute la matinée, il lui tint la main. Ils discutaient de choses et d'autres, mais, parfois, Noah s'arrêtait de parler pour simplement la dévisager. Dans ces moments-là, elle avait l'impression qu'elle devrait dire quelque chose, mais jamais rien d'important ne lui venait à l'esprit. Perdue dans ses pensées, elle se contentait le plus souvent de l'embrasser.

Peu avant midi, Noah et Allie rentrèrent pour préparer le déjeuner. Ils étaient tous les deux affamés parce qu'ils n'avaient pas mangé grand-chose la veille. Ils firent frire du poulet et cuire une nouvelle fournée de biscuits et déjeunèrent sur la véranda, pendant qu'un merle leur donnait la sérénade.

Ils étaient rentrés pour faire la vaisselle quand ils entendirent frapper à la porte. Noah laissa Allie dans la cuisine.

On frappa de nouveau.

– J'arrive, dit Noah.

Toc, toc. Plus fort.

Il s'approcha de la porte.

Toc, toc.

– J'arrive, répéta-t-il en allant ouvrir.

« Oh ! mon Dieu ! »

Il se trouvait face à une belle femme d'une cinquantaine d'années, une femme qu'il aurait reconnue n'importe où.

Il resta sans voix.

– Bonjour, Noah, dit-elle enfin.

Il restait muet.

– Je peux entrer ? demanda-t-elle, sa voix calme ne révélant rien.

Il balbutia une réponse tandis qu'elle passait devant lui, s'arrêtant juste avant l'escalier.

– Qui est-ce ? cria Allie de la cuisine.

La femme se retourna en entendant sa voix.

– C'est ta mère, finit par répondre Noah.

À peine avait-il prononcé ces mots qu'il entendit un bruit de verre brisé.

– Je savais que tu serais ici, déclara Anne Nelson à sa fille.

Tous les trois étaient assis autour de la table basse dans la salle de séjour.

– Comment pouvais-tu en être si sûre ?

– Tu es ma fille. Un jour, quand tu auras des enfants, tu connaîtras la réponse.

Elle souriait, mais elle était un peu crispée, et Noah imagina à quel point ce devait être difficile pour elle.

– Moi aussi, j'ai vu l'article, et j'ai vu ta réaction. J'ai remarqué à quel point tu étais tendue ces deux dernières semaines. Quand tu as annoncé que tu allais faire des courses près de la côte, j'ai su exactement ce que tu avais en tête.

– Et papa ?

Anne Nelson secoua la tête.

– Non, je n'en ai pas parlé à ton père ni à personne d'autre. Pas plus que je n'ai révélé où j'allais aujourd'hui.

Le silence régna un instant autour de la table. Ils se demandaient tous les deux ce qui allait suivre, mais Anne garda le silence.

– Pourquoi es-tu venue ? demanda enfin Allie.

Sa mère haussa un sourcil.

– Je pensais que ce serait à moi de te poser cette question.

Allie pâlit.

– Je suis venue parce que je n'avais pas le choix, dit sa mère. Je suis certaine que c'est pour cela aussi que tu es venue. J'ai raison ?

Allie hocha la tête.

Anne se tourna vers Noah.

– Ces deux derniers jours ont dû être pleins de surprises.

– Oui, répondit-il simplement.

Et elle lui sourit.

– Je sais que vous ne le croyez pas, Noah, mais je vous ai toujours bien aimé. Je pensais simplement que vous n'étiez pas l'homme qu'il fallait à ma fille. Pouvez-vous comprendre cela ?

Il secoua la tête tout en répondant, d'un ton grave :

– Non, pas vraiment. C'était injuste et pour moi et pour Allie. Sinon, elle ne serait pas ici.

Anne Nelson ne l'avait pas quitté des yeux pendant qu'il parlait, mais elle se tut. Allie, sentant venir une discussion, intervint :

– Que veux-tu dire par : Je n'avais pas le choix ? Tu ne me fais pas confiance ?

Anne se retourna vers sa fille.

– Il ne s'agit pas de confiance. Il s'agit de Lon. Il a téléphoné à la maison hier soir pour me parler de Noah, et en ce moment même il est en route. Il avait l'air bouleversé. J'ai pensé que tu voudrais le savoir.

Allie sursauta.

– Il est en route ?

– Il s'est arrangé pour faire renvoyer le procès à la semaine prochaine. S'il n'est pas déjà à New Bern, il n'est pas loin.

– Que lui as-tu dit ?

– Pas grand-chose. Mais il savait. Il avait tout deviné. Il s'est rappelé que je lui avais parlé de Noah voilà longtemps.

Allie avala sa salive.

– Tu lui as indiqué que j'étais ici ?

– Non. Et je n'en ai pas l'intention. C'est une affaire entre toi et lui. Mais, le connaissant, je suis certaine qu'il te trouvera ici si tu t'attardes. Il suffit de deux ou trois coups de fil aux gens qu'il faut. Après tout, j'ai bien réussi à te trouver.

Allie, même si elle était manifestement soucieuse, sourit à sa mère.

– Merci, murmura-t-elle.

Sa mère lui prit la main.

– Je sais, Allie, que nous n'avons pas toujours été d'accord et que nous n'avons pas toujours vu les choses du même œil. Je ne suis pas parfaite, mais je t'ai élevée du mieux que j'ai pu. Je suis ta mère et je le serai toujours. Je t'aimerai toujours.

Allie resta un moment silencieuse, puis demanda :

– Qu'est-ce que je devrais faire ?

– Je ne sais pas, Allie. C'est à toi de voir. Mais, à ta place, je réfléchirais. Je réfléchirais à ce que je veux vraiment.

Allie détourna la tête, les larmes lui montant aux yeux. Quelques instants plus tard, l'une d'elles ruissela sur sa joue.

– Je ne sais pas..., commença-t-elle, en serrant fortement la main de sa mère.

Anne regarda Noah qui était resté assis, la tête basse, à écouter leur échange. Il lui rendit son regard, hocha la tête et quitta la pièce.

Quand il fut parti, Anne chuchota :

– Tu l'aimes ?

– Oui, répondit Allie doucement, beaucoup.

– Tu aimes Lon ?

– Mais oui. Je l'aime aussi. Tendrement. Mais d'une façon différente. Avec lui, je ne ressens pas ce que j'éprouve avec Noah.

– Ça ne t'arrivera avec personne, dit Anne en lâchant la main de sa fille. Puis elle ajouta : Allie, je ne peux pas prendre de décision pour toi. Elle dépend de toi seule. Mais je veux que tu saches que je t'aime. Que je t'aimerai toujours. Je sais bien que ça ne t'avance pas à grand-chose, mais c'est tout ce que je peux faire.

Elle fouilla dans son sac et en tira une liasse de lettres attachées avec un cordon, les enveloppes vieillies et un peu jaunies.

– Voici les lettres que Noah t'a écrites. Je ne les ai jamais jetées, elles n'ont pas été ouvertes. Je sais que je n'aurais pas dû les garder, et je regrette de l'avoir fait. Mais j'essayais seulement de te protéger. Je ne me rendais pas compte...

Allie prit le paquet de lettres et passa la main dessus, bouleversée.

– Il faut que je parte, Allie. Tu as des choix à faire et tu n'as pas beaucoup de temps. Veux-tu que je reste en ville ?

Allie secoua la tête.

– Non, c'est à moi de décider.

Anne acquiesça. Un long moment elle observa

Allie d'un air interrogateur. Elle finit par se lever, alla de l'autre côté de la table, se pencha et embrassa sa fille sur la joue. Quand Allie se leva pour la serrer dans ses bras, sa mère pouvait lire le doute dans ses yeux.

– Que vas-tu faire ? demanda Anne en se dégageant.

Il y eut un long silence.

– Je ne sais pas, répondit enfin Allie.

Elles restèrent ainsi encore une minute, à se tenir par les bras.

– Merci d'être venue, fit Allie. Je t'aime.

– Je t'aime aussi.

En la raccompagnant jusqu'à la porte, Allie crut entendre sa mère murmurer : « Écoute ton cœur », mais elle n'en était pas certaine.

Carrefours

Noah ouvrit la porte à Anne Nelson au moment où elle sortait.

– Adieu, Noah, fit-elle doucement.

Il hocha la tête sans parler. Il n'y avait rien à dire ; tous deux le savaient. Elle se détourna et partit, refermant la porte derrière elle. Noah la suivit des yeux tandis qu'elle s'installait au volant de sa voiture et démarrait sans se retourner. Quelle forte femme ! Il comprenait de qui Allie tenait.

Noah jeta un coup d'œil dans la salle de séjour ; Allie y était assise, la tête basse. Il revint sur la véranda de derrière, sachant qu'elle avait besoin de solitude. Il s'installa dans son fauteuil à bascule et regarda la rivière pendant que les minutes passaient.

Après ce qui lui parut une éternité, il entendit la porte de derrière s'ouvrir. Il ne se retourna pas tout de suite – il en était incapable – et l'écouta s'asseoir dans le fauteuil auprès de lui.

– Je suis désolée, fit Allie. Je n'imaginais pas ça.

Noah secoua la tête.

– Ne sois pas désolée. Nous savions tous les deux que ça devait arriver, d'une façon ou d'une autre.

– C'est quand même dur.

– Je sais. Il finit par se tourner vers elle, cherchant sa main. Je peux faire quelque chose pour t'aider ?

Elle hocha la tête.

– Non. Pas vraiment. Il faut que je prenne une décision toute seule... D'ailleurs, je ne sais pas encore ce que je vais lui dire.

Elle baissa les yeux. Sa voix se fit plus douce et un peu plus lointaine, comme si elle se parlait à elle-même.

– Ça dépend de lui et de ce qu'il sait. Ma mère ne s'est pas trompée : il peut avoir des soupçons, mais aucune certitude.

Noah sentit son estomac se serrer. Quand il finit par parler, sa voix était calme, mais elle sentait qu'il avait de la peine.

– Tu ne vas pas lui raconter pour nous, n'est-ce pas ?

– Je ne sais pas. Je ne sais vraiment pas. Quand j'étais dans le salon, je n'arrêtais pas de me demander ce que je désirais vraiment dans la vie.

Il lui pressa la main.

– Sais-tu quelle était la réponse ? La réponse était que je voulais deux choses. D'abord je te veux, toi. Je nous veux ensemble. Je t'aime et je t'ai toujours aimé.

Elle prit une profonde inspiration avant de poursuivre :

– Mais je tiens aussi à ne faire de mal à personne. Je sais que, si je restais, je blesserais des gens. Surtout Lon. Je ne mentais pas en te disant que je l'aime. Pas de la même façon que toi, mais je tiens à lui et ce ne serait pas juste de le traiter comme ça. Et puis rester ici ferait souffrir aussi ma famille et mes amis. Ce serait trahir tous ceux que je connais... Je ne sais pas si je peux le faire.

– Tu ne peux pas vivre ta vie en ne pensant qu'aux autres. Il faut que tu t'en tiennes à ce qui est bien pour toi, même si ça fait souffrir ceux que tu aimes.

– Je sais... Mais, quelle que soit ma décision, il faudra que je vive avec, pour toujours. Il faut que je puisse aller de l'avant et ne plus jamais regarder en arrière. Tu peux comprendre ça ?

– Pas vraiment. Pas si ça signifie te perdre. Je ne peux pas revivre ça.

Sans un mot elle baissa la tête. Noah poursuivit :

– Tu pourrais vraiment me laisser sans te retourner ?

Elle se mordit les lèvres en répondant d'une voix cassée :

– Je ne sais pas. Sans doute que non.

– Est-ce que ce serait juste pour Lon ?

Elle se leva, s'essuya le visage et s'avança jusqu'au bord de la véranda pour s'adosser au pilier. Croisant les bras, elle contempla la rivière avant de murmurer :

– Non.

– Ça n'est pas obligé de se passer ainsi, Allie. Nous sommes des adultes, maintenant, nous avons le choix. Ce n'était pas le cas, autrefois. Nous sommes faits pour être ensemble. Ça a toujours été comme ça.

Il s'approcha et lui posa une main sur l'épaule.

– Je ne veux pas vivre le restant de mes jours en pensant à toi et en rêvant à ce qui aurait pu être. Reste avec moi, Allie.

Elle sentit les larmes lui monter aux yeux.

– Je ne sais pas si j'en suis capable, soupira-t-elle enfin.

– Mais si. Allie... je ne pourrai pas vivre heureux en sachant que tu es avec quelqu'un d'autre. Ça tuerait une partie de moi. Ce qu'il y a entre nous est rare. C'est trop beau pour le flanquer en l'air comme ça.

Elle ne réagit pas. Au bout d'un moment, il se tourna doucement vers elle, lui prit les mains et la dévisagea, essayant de la forcer à le regarder. Allie finit par lui faire face, les yeux humides. Au bout d'un long silence, avec une expression pleine de tendresse, Noah essuya les larmes qui avaient ruisselé sur ses joues. Il sentit sa voix se briser quand il vit ce que les yeux d'Allie étaient en train de lui dire.

– Tu ne vas pas rester, c'est ça ? Il eut un pâle sourire. Tu en as envie, mais tu ne peux pas.

– Oh ! Noah... fit-elle en se remettant à pleurer. Je t'en prie, essaie de comprendre...

Il secoua la tête pour l'interrompre.

– Je sais ce que tu cherches à me dire... Je le lis dans tes yeux. Mais je ne veux pas le comprendre, Allie. Je ne veux pas que ça finisse de cette façon. D'ailleurs, je ne veux pas que ça finisse du tout. Mais si tu pars, nous savons tous les deux que nous ne nous reverrons jamais plus.

Elle se pencha vers lui et se mit à sangloter plus fort, tandis que Noah luttait pour refouler ses propres larmes.

Il la prit dans ses bras.

– Allie, je ne peux pas t'obliger à rester. Mais, quoi qu'il arrive dans la vie, jamais je n'oublierai ces deux derniers jours avec toi. J'en rêvais depuis des années.

Il l'embrassa doucement, et ils s'étreignirent comme ils l'avaient fait quand elle était descendue de voiture deux jours plus tôt. Finalement, Allie le laissa la lâcher et essuya ses larmes.

– Il faut que je prépare mes affaires, Noah.

Il n'entra pas dans la maison avec elle. Épuisé, il se rassit dans le fauteuil à bascule. Il la regarda franchir la porte et il écouta le bruit de ses gestes s'estomper peu à peu. Quelques minutes plus tard, elle ressortit de la maison, son sac à la main, et s'approcha de lui, la tête basse. Elle lui tendit le dessin qu'elle avait fait la veille au matin. En le prenant, il remarqua qu'elle n'avait pas cessé de pleurer.

– Tiens, Noah, je l'ai dessiné pour toi.

Noah déroula lentement le dessin, prenant soin de ne pas le déchirer.

C'était une image double, l'une débordant sur l'autre. Celle du premier plan, qui occupait presque toute la feuille, le représentait tel qu'il était aujourd'hui, et non pas voilà quatorze ans. Noah remarqua qu'elle avait dessiné au crayon chaque détail de son visage, y compris la cicatrice. On aurait dit qu'elle l'avait copié d'après une photographie récente.

La seconde image représentait le devant de la maison. Là aussi, le détail était incroyable, comme si elle avait fait ce croquis assise sous le chêne.

– C'est magnifique, Allie. Merci. Il tenta un sourire. Je te disais bien que tu étais une artiste.

Elle acquiesça sans un mot, tête baissée, lèvres serrées. Il était temps pour elle de partir.

Ils se dirigèrent à pas lents vers sa voiture, sans parler. Quand ils furent arrivés, Noah l'étreignit de nouveau jusqu'au moment où, à son tour, il sentit les larmes lui monter aux yeux. Il l'embrassa sur les lèvres, sur les joues, puis effleura doucement de son doigt les endroits qu'il avait embrassés.

– Je t'aime, Allie.

– Je t'aime aussi.

Noah lui ouvrit sa portière. Ils s'embrassèrent encore une fois. Puis elle se glissa derrière le volant sans jamais le quitter des yeux. Elle posa sur la banquette auprès d'elle son sac à main et le paquet de lettres, chercha ses clés, mit le contact. La voiture démarra sans problème et le moteur se mit à tourner avec impatience. Le moment était presque venu.

Noah referma sa portière, Allie baissa la vitre. Elle distinguait les muscles des bras, le sourire, le visage hâlé. Elle tendit la main. Noah la saisit un instant, déplaçant doucement les doigts contre sa peau.

– Reste avec moi, articulèrent ses lèvres.

Cela fit très mal à Allie. Les larmes ruisselaient sur son visage, et elle était incapable de parler. À regret elle détourna la tête et libéra sa main. Elle embraya et relâcha un tout petit peu la pédale.

Si elle ne partait pas maintenant, elle ne le ferait jamais.

Noah recula tandis que la voiture commençait à rouler.

En se rendant compte de la réalité de la situation, il tomba dans une sorte de transe. Il vit la voiture se déplacer lentement. Il entendit le gravier crisser sous les pneus. Lentement la voiture s'éloigna, roulant vers la route qui ramènerait Allie en ville. Elle s'en allait... Elle partait... Noah éprouvait comme un vertige à ce spectacle.

Elle roulait tout doucement... Elle l'avait dépassé... Elle lui fit un dernier geste de la main sans sourire... Elle commença à accélérer... Sans conviction, il répondit à son geste. « Ne t'en va pas ! » aurait-il voulu crier. Mais il ne dit rien. Une minute plus tard elle avait disparu. Il ne restait plus d'Allie que les traces laissées par les pneus.

Il resta un long moment immobile. Aussi soudainement qu'elle était arrivée, elle était repartie. Pour toujours cette fois. Pour toujours.

Il ferma les yeux, la revoyant en train de s'éloigner, de plus en plus, en emportant son cœur avec elle.

Et, comme sa mère, Allie ne revenait jamais sur ses pas, pensa-t-il avec tristesse.

Une lettre d'hier

Ça n'était pas facile de conduire avec les yeux pleins de larmes, mais elle continua quand même, espérant que son instinct la ramènerait à l'hôtel. Elle garda la vitre ouverte, pensant que l'air frais lui éclaircirait les idées, mais cela ne semblait pas l'aider. Rien ne l'aiderait.

Elle était épuisée. Aurait-elle l'énergie nécessaire pour parler à Lon ? Qu'allait-elle lui dire ? Elle n'en avait encore aucune idée, mais elle espérait que quelque chose lui viendrait à l'esprit quand le moment serait venu.

Il le faudrait bien.

Lorsqu'elle arriva au pont à bascule qui donnait sur Front Street, elle commençait à se maîtriser un peu mieux. Pas complètement, mais assez pour parler à Lon. Du moins l'espérait-elle.

Il n'y avait pas beaucoup de circulation et, tout en traversant New Bern, elle prit le temps de regarder des inconnus vaquant à leurs affaires. À un poste d'essence, un mécanicien était plongé sous le capot d'une voiture neuve tandis qu'un homme, à qui sans doute elle appartenait, se tenait debout près de lui. Deux femmes poussaient des voitures d'enfant juste devant chez Hoffman-Lane, bavardant en faisant du lèche-vitrine. Devant la bijouterie Hearns, un homme bien habillé marchait d'un pas vif, un porte-documents à la main.

Elle tourna dans une autre rue et vit un jeune homme occupé à décharger des provisions d'un camion qui bloquait en partie la rue. Quelque chose dans sa façon de se tenir, ou dans ses gestes, lui rappela Noah en train de remonter les crabes au bout du ponton.

Elle était arrêtée à un feu rouge quand elle aperçut l'hôtel juste en face. Elle prit une profonde inspiration quand le feu passa au vert et roula lentement jusqu'au parking que l'hôtel partageait avec deux autres commerces. En entrant, elle remarqua la voiture de Lon garée à la première place. Celle d'à côté était libre, mais elle passa sans s'arrêter et choisit un emplacement un peu plus loin de l'entrée.

Elle tourna la clé de contact et le moteur s'arrêta. Elle se pencha vers la boîte à gants pour y prendre un miroir et une brosse qu'elle trouva posés sur une carte de Caroline du Nord. En s'examinant, elle se rendit compte qu'elle avait encore les yeux rouges et gonflés. Comme hier après la pluie, elle regretta de ne pas avoir de maquillage... mais ça ne l'avancerait pas à grand-chose, maintenant. Elle essaya de tirer ses cheveux d'un côté, puis de l'autre, et finit par renoncer.

Elle prit son sac, l'ouvrit et lut une nouvelle fois l'article qui l'avait amenée ici. Déjà trois semaines ! Il s'était passé tant de choses depuis lors ! Elle n'arrivait pas à croire qu'elle n'était arrivée que l'avant-veille. Il lui semblait que toute une vie s'était écoulée depuis son dîner avec Noah.

Des étourneaux pépiaient dans les arbres autour d'elle. Les nuages avaient commencé à se dissiper, et Allie apercevait du bleu entre des taches de blanc. Le soleil était encore voilé, mais elle savait que ce n'était qu'une question de temps. Ce serait une belle journée.

Le genre de journée qu'elle aurait aimé passer avec Noah. En pensant à lui, elle se souvint des lettres que sa mère lui avait données et les chercha dans son sac.

Elle défit le paquet et saisit la première. Elle commença à ouvrir l'enveloppe, puis s'arrêta : elle imaginait sans mal ce qu'elle contenait. Quelque chose de simple, certainement : ce qu'il avait fait, des souvenirs de l'été, quelques questions peut-être. Après tout, il s'attendait probablement à une réponse de sa part. Elle prit donc plutôt la dernière lettre qu'il lui avait envoyée, celle au bas de la liasse. La lettre d'adieu. Celle-ci l'intéressait bien plus que les autres. Comment l'avait-il écrite ? Comment l'aurait-elle écrite elle-même ?

L'enveloppe était mince ; il ne devait y avoir qu'une feuille, peut-être deux. Elle commença par la retourner pour examiner le dos. Pas de nom, juste une adresse dans le New Jersey. Retenant son souffle, elle ouvrit l'enveloppe avec son ongle.

En dépliant la lettre, elle vit qu'elle était datée de mars 1935.

Deux ans et demi sans réponse.

Elle imaginait Noah assis à un vieux bureau, en train de rédiger la lettre, sachant au fond de lui-même qu'il s'agissait de la dernière, et elle vit sur le papier ce qu'elle crut être une tache de larme. Sans doute simplement son imagination.

Elle lissa la feuille de papier et la lut dans la douce lumière du soleil qui filtrait par la vitre.

Ma très chère Allie,

Je ne sais plus quoi dire sauf que la nuit dernière je n'ai pas pu dormir parce que je savais que c'était fini entre nous. C'est un sentiment nouveau pour moi, un sentiment auquel je ne m'attendais pas du tout mais, quand je regarde en arrière, j'imagine que ça n'aurait pas pu finir autrement.

Toi et moi étions différents. Nous venions de mondes différents et pourtant c'est toi qui m'as enseigné la valeur de l'amour. Tu m'as montré ce que c'était que de tenir à quelqu'un, et je suis un homme meilleur grâce à toi. Je veux surtout que tu n'oublies jamais cela.

Ce qui m'est arrivé ne me laisse pas amer. Tout au contraire. J'ai la certitude que ce que nous avons connu était réel et je suis heureux que nous ayons pu être réunis même si ce n'était que pour une brève période. Et si, dans quelque avenir lointain, nous nous revoyons dans nos vies nouvelles, je te sourirai de joie en me souvenant comment nous avons passé un été sous les arbres, en apprenant chacun des leçons de l'autre et en laissant notre amour s'épanouir. Peut-être que, pendant un bref instant, tu éprouveras cela aussi : tu me rendras mon sourire et tu savoureras les souvenirs que nous partagerons toujours ensemble.

Je t'aime, Allie.

Noah

Elle relut lentement la lettre, puis la lut une troisième fois avant de la remettre dans l'enveloppe. Elle l'imagina encore en train de l'écrire. Elle hésita un moment à en lire une autre, mais elle savait qu'elle ne pouvait pas tarder davantage. Lon l'attendait.

Quand elle descendit de voiture, elle se sentait

les jambes flageolantes. Elle s'arrêta, respira un grand coup et, comme elle abordait la traversée du parking, elle comprit qu'elle n'était pas encore sûre de ce qu'elle allait annoncer.

La réponse ne lui vint que quand elle arriva à la porte, qu'elle l'ouvrit et qu'elle vit Lon debout dans le hall.

Un hiver à deux

L'histoire se termine là, alors je ferme mon cahier, j'ôte mes lunettes et je m'essuie les yeux. Ils sont fatigués et congestionnés, mais, jusqu'à maintenant, ils ne m'ont pas fait défaut. Oh, ça ne tardera pas, j'en suis sûr. Ni eux ni moi ne pouvons continuer indéfiniment. Je la regarde, maintenant que j'ai fini, mais elle ne me regarde pas. Elle a les yeux tournés vers la fenêtre qui donne sur la cour, là où se retrouvent les amis et la famille.

Mes yeux suivent les siens et nous observons la scène ensemble. Au long de toutes ces années, le traintrain quotidien n'a pas changé. Chaque matin, une heure après le petit déjeuner, ils commencent à arriver. Des jeunes gens, seuls ou en famille, venus rendre visite à ceux qui vivent ici. Ils apportent des photos et des cadeaux. Ils s'asseyent sur les bancs ou bien ils se promènent le long des allées bordées d'arbres conçues pour évoquer la nature. Certains vont rester la journée, mais la plupart repartent au bout de quelques heures et, à ce moment-là, j'éprouve toujours un sentiment de tristesse pour ceux qu'ils viennent de quitter. Je me demande parfois ce que pensent mes amis quand ils voient des êtres chers repartir en voiture, mais je sais bien que ce n'est pas mon affaire. Je ne leur pose jamais la question parce que j'ai appris que nous avons tous le droit d'avoir nos petits secrets.

Mais bientôt je vous confierai certains des miens.

Je place le cahier et la loupe sur la table auprès de moi; en accomplissant ce geste je sens la douleur dans mes vieux os et je me rends compte une nouvelle fois à quel point mon corps est froid. Même lire au soleil matinal n'arrange rien. Cela ne me surprend plus cependant, car, désormais, c'est mon corps qui édicte ses propres règles.

J'ai pourtant une certaine chance. Les gens qui travaillent ici me connaissent et, malgré mes défaillances, ils font de leur mieux pour me faciliter la vie. Ils m'ont laissé du thé brûlant sur le guéridon. Je saisis la théière à deux mains. C'est un effort de me verser une tasse, mais je le fais quand même parce que j'ai besoin de thé pour me réchauffer et que je pense que l'effort m'empêchera de me rouiller complètement. Je suis quand même rouillé, pas de doute là-dessus. Rouillé comme une vieille bagnole abandonnée depuis vingt ans dans les Everglades.

Je lui ai fait la lecture ce matin, comme chaque matin, parce que c'est quelque chose qu'il faut que je fasse. Pas par devoir – même si je pense qu'on pourrait en discuter –, mais pour une autre raison, plus romantique. J'aimerais bien pouvoir l'expliquer plus en détail, mais il est encore tôt et il n'est vraiment pas possible de tenir des propos romantiques avant le déjeuner, en tout cas pas pour moi. D'ailleurs, je ne sais pas du tout quelle tournure ça va prendre et, pour parler franc, je préférerais ne pas trop me bercer d'espoirs.

Nous passons ensemble chaque jour que Dieu fait, mais nos nuits, nous les passons seuls. Les médecins me disent que je n'ai pas le droit de la voir après la tombée de la nuit. Je comprends parfaitement leurs raisons et, même si je suis d'accord avec eux, j'enfreins parfois le règlement. Tard le soir, quand mon humeur m'y pousse, je me glisse sans bruit hors de ma chambre, je vais jusqu'à la sienne et je la regarde dormir. Elle ne s'en rend pas compte. J'entre, je la vois respirer et je sais que, sans elle, je ne me serais jamais marié. Quand je contemple son visage, un visage que je connais mieux que le mien, je sais que j'ai compté tout autant ou peut-être davantage pour elle. Et cela représente plus pour moi que je ne pourrai jamais espérer l'expliquer.

Parfois, quand je suis là, debout, je songe à la chance que j'ai eue d'avoir été marié avec elle pendant plus de quarante-neuf ans. C'est ce que ça fera le mois prochain. Elle m'a entendu ronfler pendant les quarante-cinq premières années, mais désormais nous dormons dans des chambres séparées. Je ne dors pas bien sans elle. Je m'agite, je me retourne, j'ai la nostalgie de sa chaleur, je reste allongé une partie de la nuit, les yeux grands ouverts, à observer les ombres danser au plafond comme des touffes d'herbe que le vent fait rouler à travers le désert. Si j'ai de la chance, je dors deux heures et, malgré tout, je m'éveille avant l'aube. Ça ne rime à rien.

Bientôt, ce sera terminé. Je le sais. Mais pas elle. Les notes dans mon journal sont devenues plus brèves et me prennent peu de temps à écrire. Elles sont simples, puisque presque toutes mes journées se ressemblent. Ce soir, je crois que je vais recopier un poème qu'une des infirmières a trouvé pour moi en pensant que je l'aimerais. Le voici :

Jamais avant cet instant je n'ai été frappé
D'un amour si soudain et si doux,

> Avec son visage épanoui comme une tendre
> fleur
> Elle m'a dérobé mon cœur[1].

Comme nous sommes libres de nos soirées, on m'a demandé d'aller rendre visite aux autres. Je le fais en général : c'est moi le lecteur et on a besoin de moi ; du moins c'est ce qu'on me dit. J'arpente les couloirs et je choisis où aller car je suis trop vieux pour me plier à un programme, mais, au fond, je sais toujours qui a besoin de moi. Ce sont mes amis et, quand je pousse leur porte, je vois des chambres semblables à la mienne, toujours dans la pénombre, éclairées seulement par les lumières de *La roue de la fortune* et les dents étincelantes de la présentatrice. L'ameublement est le même pour tout le monde et les postes de télé marchent à tue-tête parce que plus personne n'entend très bien.

Hommes ou femmes, ils me sourient quand j'entre et chuchotent en éteignant leur récepteur : « Je suis content que vous soyez venu. » Ils me posent des questions sur ma femme. Parfois, je leur réponds. Je pourrais leur parler de sa douceur, de son charme, et raconter comment elle m'a appris à voir quel endroit merveilleux est le monde. Ou bien je leur parle de nos premières années ensemble, je leur explique que nous avions

1. John Clare (1793-1864), *First Love.*

tout et qu'il ne nous en fallait pas plus quand nous nous enlacions sous les ciels étoilés du Sud. À de rares occasions, j'évoque à mi-voix nos aventures, des expositions à New York et à Paris, des commentaires enthousiastes de critiques écrivant dans des langues que je ne comprends pas. Mais, la plupart du temps, je souris et je leur dis qu'elle est toujours pareille ; ils se détournent alors car ils ne veulent pas que je voie leur visage. Ça leur rappelle leur propre condition de mortels. Je m'assieds avec eux et je leur fais la lecture pour atténuer leurs craintes.

> Garde ton calme – sois à l'aise avec moi...
> Je ne t'exclus pas avant que le soleil lui-même ne le fasse,
> Pas avant que les eaux refusent d'étinceler et les feuilles de bruire pour toi,
> Les mots ne refusent d'étinceler et de bruire pour toi [1].

Et je lis pour leur faire savoir qui je suis.

> Toute la nuit, j'avance en ma vision...
> Me penche yeux ouverts sur ceux qui dorment yeux fermés,
> Un peu désorienté, au hasard de mes pas, me

1. Walt Whitman, « To a Common Prostitute », dans *Feuilles d'herbe*.

perdant de vue moi-même, en étrange compagnie,
Pausant, m'opposant à moi, regardant, penché, fasciné [1].

Si elle le pouvait, ma femme m'accompagnerait dans mes expéditions vespérales, car la poésie était un de ses nombreux amours. Thomas, Whitman, Eliot, Shakespeare et le roi David des Psaumes. Des amoureux des mots, des créateurs de langage. En y réfléchissant, je suis surpris qu'elle m'ait également passionné et parfois même je le regrette. La poésie apporte à la vie une grande beauté, mais une grande tristesse aussi, et je ne suis pas sûr que ce soit un échange équitable pour quelqu'un de nos âges. S'il en est capable, un homme devrait avoir d'autres plaisirs : il devrait passer ses derniers jours au soleil. Je passerai les miens auprès d'une lampe de chevet.

D'un pas traînant je m'avance jusqu'à elle et m'installe dans le fauteuil auprès de son lit. J'ai mal au dos quand je m'assieds. Je me répète pour la centième fois qu'il faut que je trouve un nouveau coussin pour ce fauteuil. Je cherche sa main et je la prends, osseuse et fragile. Ça me fait du bien de la toucher. Elle réagit par une petite crispation puis,

1. *Id.*, « Ils dorment », id, traduction Jacques Darras, Grasset.

peu à peu, son pouce se met à frotter doucement mon doigt. Je ne parle pas le premier : cela, je l'ai appris. Presque tous les jours, je reste assis en silence jusqu'à ce que le soleil se couche et, ces jours-là, je ne sais rien d'elle.

Des minutes s'écoulent avant qu'elle finisse par se tourner vers moi. Elle pleure. Je souris et je lâche sa main, puis je cherche dans ma poche. J'en tire un mouchoir et j'essuie ses larmes. Elle me regarde faire et je me demande ce qu'elle pense.

– C'était une belle histoire.

Une petite pluie commence à tomber. Des gouttelettes viennent tapoter les carreaux. Je lui reprends la main. Ça va être une bonne journée, une très bonne journée. Un jour magique. Je souris, c'est plus fort que moi.

– Oui, c'est vrai.

– C'est vous qui l'avez écrite ? demande-t-elle.

Sa voix est comme un souffle, un vent léger qui passe parmi des feuilles. Je réponds :

– Oui.

Elle se tourne vers la table de nuit. Ses médicaments sont dans un gobelet. Les miens aussi. Des petits comprimés, de toutes les couleurs comme un arc-en-ciel pour que nous n'oubliions pas de les prendre. Les infirmières apportent les miens ici, dans sa chambre, même si elles ne sont pas censées le faire.

– Je l'ai déjà entendue, n'est-ce pas ?

– Oui, dis-je encore comme je le fais systématiquement des jours comme celui-ci.

J'ai appris à être patient. Elle inspecte mon visage. Ses yeux sont verts comme les vagues de l'océan.

– Comme ça, dit-elle, j'ai moins peur.

– Je sais.

J'acquiesce, en hochant doucement la tête. Elle se détourne. J'attends encore un peu. Elle lâche ma main et tend le bras vers le verre d'eau. Il est sur sa table de nuit, auprès des médicaments. Elle boit une gorgée.

– C'est une histoire vraie ?

Elle s'est assise dans son lit et a pris un peu d'eau ; son corps est encore robuste.

– Je veux dire : vous avez connu ces gens-là ?

– Oui.

Je pourrais en dire plus, mais en général je ne le fais pas. Elle est toujours belle. Elle me pose la question évidente :

– Alors, lequel a-t-elle fini par épouser ?

Je réponds :

– Celui qui était fait pour elle.

– Lequel était-ce ?

Je souris et murmure :

– Vous le saurez à la fin de la journée. Vous le saurez.

Elle ne sait que penser de ma réponse, mais elle ne me m'interroge pas davantage. Au lieu de cela, elle commence à s'agiter. Elle réfléchit à un moyen de me poser une autre question, mais elle ne sait pas bien comment s'y prendre. Alors elle choisit de la remettre à plus tard et approche d'elle un des petits gobelets.

– C'est le mien ?

– Non, c'est celui-ci.

Je me penche et pousse vers elle ses médicaments. Je ne peux pas attraper le gobelet avec mes doigts. Elle le prend et observe les comprimés. Je vois bien, à la façon dont elle les regarde, qu'elle ne sait absolument pas à quoi ils servent. Je prends le mien à deux mains et je fais tomber les pilules dans ma bouche. Elle fait de même. Sans discuter, aujourd'hui, ce qui facilite les choses. Je lève mon gobelet comme pour porter un toast et, pour faire passer la saveur un peu âcre qui me reste dans la bouche, je bois une gorgée de thé. Il refroidit. Elle avale de confiance ses comprimés et prend une nouvelle gorgée d'eau pour les faire passer.

Derrière la fenêtre, un oiseau se met à chanter et nous tournons tous deux la tête. Nous restons un moment assis sans rien dire, à savourer ensemble quelque chose de beau. L'instant passe et elle soupire.

– Il faut que je vous demande autre chose, dit-elle.

– Quoi que ce soit, j'essaierai de répondre.

– Oh ! mais c'est difficile.

Elle ne me regarde pas et je ne peux pas voir ses yeux. C'est sa façon de cacher ses pensées. Il y a des choses qui ne changent jamais.

– Prenez votre temps, dis-je.

Je sais ce qu'elle va demander.

Elle finit par se tourner vers moi et me dévisage. Elle me fait un doux sourire, comme on en partage avec un enfant, pas avec un amant.

– Je ne voudrais pas vous vexer, parce que vous avez été si gentil avec moi, mais...

J'attends. Ses mots vont me faire mal. Ils vont m'arracher un morceau du cœur et laisser une cicatrice.

– Qui êtes-vous ?

Voilà trois ans maintenant que nous habitons la maison de retraite médicalisée de Creekside. C'est elle qui a choisi de venir ici, en partie parce que c'était près de chez nous, mais aussi parce qu'elle estimait que ce serait plus facile pour moi. Nous avons fermé notre maison parce que nous ne supportions pas l'idée de la vendre. Nous avons signé un certain nombre de papiers, et voilà : on nous a offert un endroit où vivre et mourir en échange d'une partie de la liberté pour laquelle nous avions travaillé toute une vie.

Bien sûr, elle a eu raison. Je n'aurais absolument pas pu m'en tirer tout seul car la maladie nous a atteints tous les deux. Nous en sommes aux ultimes heures de nos vies et on entend de plus en plus clairement le tic-tac de l'horloge. Je me demande si je suis le seul à l'entendre.

J'ai des élancements dans les doigts, et cela me rappelle que depuis notre installation ici nous ne nous sommes pas tenu la main, avec les doigts entrelacés. Ça m'attriste, mais c'est ma faute, pas la sienne. J'ai la pire forme d'arthrite, une polyarthrite à un stade avancé. Mes mains sont grotesquement déformées et, durant presque toutes mes heures d'éveil, elles me lancinent. Je les regarde et je voudrais qu'elles ne soient plus là, qu'on m'ampute. Mais alors, je ne serais plus capable d'accomplir les petites choses que je dois faire. J'utilise donc mes serres, comme je les appelle parfois. Et chaque jour, malgré la douleur, je prends ses mains et je fais de mon mieux pour les serrer, parce que c'est ce qu'elle veut.

Même si la Bible dit que l'homme peut vivre jusqu'à cent vingt ans, je n'en ai aucune envie. De toute façon, je ne crois pas que mon corps tiendrait. Il part en morceaux, un bout meurt après l'autre. C'est une érosion intérieure régulière des articulations. Mes mains ne sont plus bonnes à rien, mes reins commencent à me lâcher et mon rythme cardiaque décroît tous les mois. Pire, j'ai un nouveau cancer, de la prostate cette fois-ci. C'est mon troisième combat contre l'ennemi invisible, et il finira par m'emporter, mais pas avant que je choisisse le moment. Les docteurs s'inquiètent à mon sujet, mais pas moi. Je n'ai pas le temps de me faire du souci au crépuscule de mon existence.

De nos cinq enfants, quatre sont encore en vie et, bien qu'il soit difficile pour eux de nous rendre visite, ils viennent souvent, et je leur en suis reconnaissant. Mais, même quand ils sont absents, ils revivent chaque jour dans mon esprit, tous autant qu'ils sont. Ils évoquent pour moi les sourires et les larmes qui accompagnent l'éducation d'une famille. Une douzaine de photos s'alignent sur les murs de ma chambre. C'est mon héritage, ma contribution au monde. J'en suis très fier. Je me demande parfois ce qu'en pense ma femme lorsqu'elle rêve. Mais est-elle encore capable de penser à eux ? De rêver ? Il y a tant de choses chez elle que je ne comprends plus.

Que penserait mon père de ma vie ? Que ferait-il à ma place. Voilà cinquante ans qu'il a disparu et il n'est plus maintenant qu'une ombre dans mes pensées. J'ai du mal à me le représenter clairement : son visage est dans l'obscurité comme si une lumière brillait derrière lui. Je ne sais pas trop si c'est dû à ma mémoire défaillante ou simplement au passage du temps. Je n'ai qu'une seule photo de lui et elle aussi a pâli. Encore dix ans et il n'en restera rien ; de moi non plus, et son souvenir sera effacé comme un message sur le sable. Si je n'avais pas mon journal, je jurerais n'avoir vécu que la moitié de mon existence. On dirait que de longues périodes de ma vie ont disparu. Et même aujourd'hui, quand j'en lis des passages, je me demande qui j'étais quand je les ai rédigés, car je n'arrive plus à me rappeler les événements. Il y a des moments où je reste assis à me demander où mon existence est passée.

– Je m'appelle Duke, dis-je.

J'ai toujours été un fan de John Wayne

– Duke, murmure-t-elle, Duke.

Elle réfléchit un moment, le front plissé, le regard grave.

Je répète :

– Oui, je suis ici.

Et je songe : « J'y serai toujours. »

Ma réponse la fait rougir. Ses yeux deviennent timides et rouges. Les larmes commencent à couler. J'ai le cœur serré pour elle, et pour la millième fois je regrette de ne rien pouvoir faire. Elle reprend :

– Je suis désolée. Je ne comprends rien à ce qui m'arrive en ce moment. Même avec vous. Quand je vous écoute parler j'ai l'impression que je devrais vous connaître, mais je n'y arrive pas. Je ne sais même pas mon nom.

Elle essuie ses larmes et dit :

– Aidez-moi, Duke, aidez-moi à me rappeler qui je suis. Ou du moins, qui j'étais. Je me sens si perdue.

Je réponds du fond du cœur, mais je ne vais pas lui révéler son vrai nom. Pas plus que le mien. Il y a une raison à cela.

– Vous êtes Hannah, une amoureuse de la vie, une force pour ceux qui ont été de vos amis. Vous êtes un rêve, une créatrice de bonheur, une artiste qui a touché des milliers d'âmes. Vous avez mené une vie bien remplie et vous n'avez manqué de rien, parce que vos besoins sont spirituels et que vous n'avez qu'à regarder en vous. Vous êtes bonne et loyale, et vous savez voir la beauté là où les autres en sont incapables. Vous donnez des leçons magnifiques, vous faites rêver à des choses meilleures.

Je m'arrête un moment pour reprendre mon souffle. Puis :

– Hannah, il n'y a aucune raison de vous sentir perdue, car :

> Rien n'est jamais vraiment perdu, ni ne peut se perdre,
> Naissance, identité, forme – nul objet au monde,
> Ni la vie, ni la force, ni rien de visible...

Le corps, qui se traîne, vieilli, froid – les
braises oubliées des feux d'antan,
... ne manqueront pas de se ranimer [1].

Elle réfléchit un moment à ce que je viens de dire. Dans le silence, je constate que la pluie a cessé. Le soleil commence à filtrer dans sa chambre. Elle demande :

– C'est vous qui avez écrit cela ?

– Non, c'était Walt Whitman.

– Qui est-ce ?

– Un homme qui aimait les mots, qui savait façonner les pensées.

Elle ne réagit pas tout de suite. Elle me dévisage longuement jusqu'au moment où nos souffles suivent le même rythme. Inspirer. Souffler. Inspirer. Souffler. Inspirer. Souffler. Des respirations profondes. Sait-elle que je la trouve belle ?

– Voudriez-vous rester un moment avec moi ? demande-t-elle enfin.

J'acquiesce en souriant Elle me rend mon sourire. Elle tend le bras, me prend doucement la main et l'attire jusqu'à sa taille. Elle examine les nodosités qui déforment mes doigts et les caresse avec douceur. Elle a toujours les mains comme celles d'un ange.

– Venez, dis-je en me levant au prix d'un grand

1. Walt Whitman, « Continuities », dans *Feuilles d'herbe*, *op. cit.*

effort, allons nous promener. L'air est frais et les oisons attendent. C'est une belle journée.

En prononçant ces derniers mots, je la regarde fixement. Elle rougit. Et je me sens de nouveau jeune.

Elle était célèbre, bien sûr. Une des meilleures peintres sudistes du vingtième siècle, disaient certains. J'étais, et je suis encore, fier d'elle. Contrairement à moi qui me donnais un mal de chien pour écrire même les vers les plus simples, ma femme pouvait créer de la beauté aussi facilement que le Seigneur a créé la terre. Ses toiles se trouvent dans les musées du monde entier, mais je n'en ai gardé que deux. La première qu'elle m'a offerte, et la dernière. Elles sont accrochées dans ma chambre. Le soir, je reste assis à les contempler et parfois je pleure. Je ne sais pas pourquoi.

Et les années passèrent ainsi : à travailler, à peindre, à élever les enfants, à nous aimer. Je vois des photos de Noël, de voyages familiaux, de distributions des prix et de mariages. Je vois des petits-enfants et des visages heureux. Je vois des photos de nous, nos cheveux blanchissant, les rides sur nos visages se creusant. Toute une vie qui semble si banale et qui est pourtant si peu commune.

Nous ne pouvions pas prévoir l'avenir, mais qui en est capable ? Je ne vis pas aujourd'hui comme je m'y attendais. À quoi est-ce que je m'attendais, d'ailleurs ? À la retraite. À des visites chez mes petits-enfants, peut-être à d'autres voyages. Elle a toujours aimé voyager. Je pensais que j'allais peut-être me trouver un passe-temps ; quoi, je ne savais pas. Peut-être construire des maquettes de bateaux. Dans des bouteilles. De petits assemblages minutieux, impossibles à imaginer maintenant, avec mes mains. Mais je ne suis pas amer.

On ne peut pas mesurer nos vies à nos dernières années : de cela, je suis sur. J'aurais dû deviner ce qui nous attendait. Avec le recul, il me semble que c'était évident : mais, les premiers temps, je trouvais que ses incohérences étaient compréhensibles et n'avaient rien d'unique. Elle oubliait où elle posait ses clés, mais à qui n'est-ce jamais arrivé ? Elle ne se rappelait plus le nom d'un voisin, mais pas quand il s'agissait de quelqu'un que nous connaissions bien. Parfois elle se trompait d'année quand elle remplissait un chèque mais, là encore, je n'y voyais que de simples erreurs d'inattention.

Ce fut seulement quand des incidents plus frappants survinrent que je commençai à subodorer le pire. Un fer à repasser dans le congélateur, des vêtements dans le lave-vaisselle, des livres dans le four... Mais le jour où je la retrouvai dans la voiture, à trois pâtés de maisons de chez nous, en larmes parce qu'elle n'arrivait pas à trouver le chemin pour rentrer, j'eus vraiment peur. Elle aussi était effrayée : quand je frappai à sa vitre, elle se tourna vers moi en disant : « Oh ! mon Dieu ! que m'arrive-t-il ? Je t'en prie, aide-moi. » Je sentis mon estomac se nouer, mais je n'osais pas penser au pire.

Six jours plus tard, le docteur commença une série d'examens. Je ne les compris pas, et je ne les comprends pas davantage aujourd'hui, mais je pense que c'est parce que j'ai peur de savoir. Elle passa près d'une heure avec le Dr Barnwell et elle y retourna le lendemain. Cette journée-là fut la plus longue de ma vie. Je feuilletais des magazines que j'étais incapable de lire et je jouais à des jeux sans penser à ce que je faisais. Pour finir, le médecin nous fit entrer tous les deux dans son cabinet et nous invita à nous asseoir. Elle me tenait le bras d'un air assuré, mais je me souviens clairement que mes mains tremblaient.

– Je suis vraiment désolé d'avoir à vous l'annoncer, commença le Dr Barnwell, mais vous me semblez être aux premiers stades de la maladie d'Alzheimer...

Le vide se fit dans mon esprit. Je ne fus plus capable de penser qu'à la lumière qui brillait au-dessus de nos têtes. Les mots retentissaient dans ma tête : « Les premiers stades de la maladie d'Alzheimer... »

Tout mon univers basculait. Je sentis sa main serrer plus fort mon bras. Elle murmura, comme si elle se parlait à elle-même : « Oh ! Noah... Noah... »

Puis, comme ses larmes commençaient à couler, le mot me revint : « ... Alzheimer... »

C'est un mal ingrat, vide et sans vie comme un désert. C'est un mal qui vole les cœurs, les âmes et les souvenirs. Elle sanglotait contre ma poitrine sans que je sache quoi lui dire, alors je l'ai simplement serrée contre moi en la berçant.

Le docteur était consterné. C'était un brave homme et c'était dur pour lui. Il était plus jeune que mon dernier enfant et, devant lui, je sentais mon âge. La confusion envahissait mon esprit, mon amour était ébranlé, et tout ce qui me venait à l'esprit c'était :

> Nul homme qui se noie ne peut savoir quelle
> goutte d'eau a fait cesser son dernier souffle [1].

Les mots d'un sage poète; pourtant, ils ne m'apportaient aucun réconfort. Je ne savais pas ce qu'ils signifiaient ni pourquoi je pensais à eux.

Nous nous balancions ainsi d'avant en arrière, et

1. Sir Charles Sedlay (1639-1701), « To Chlaris ».

Allie, mon rêve, mon éternelle beauté, me dit qu'elle était navrée. Je savais qu'il n'y avait rien à pardonner et je lui chuchotai à l'oreille : « Tout ira bien. » Mais, au fond de moi, j'avais peur. Je me sentais creux, sans rien à offrir, vide comme un tuyau de poêle jeté à la ferraille.

Je ne me souviens que de fragments épars de la longue explication du Dr Barnwell.

« C'est une dégénérescence progressive du cerveau qui affecte la mémoire et la personnalité... il n'y a pas de remède ni de traitement... impossible de dire avec quelle rapidité le mal progressera... cela change d'un patient à l'autre... Je voudrais bien en savoir plus... Certains jours seront meilleurs que d'autres... Cela ne fera qu'empirer avec le temps... Je suis désolé d'être celui qui doit vous l'annoncer... »

Je suis désolé...

Je suis désolé...

Je suis désolé...

Tout le monde était désolé. Mes enfants avaient le cœur brisé, mes amis craignaient qu'il ne leur arrive la même chose. Je n'ai aucun souvenir d'avoir quitté le cabinet du docteur et pas davantage d'être rentré en voiture à la maison. Mes souvenirs de cette journée se sont volatilisés et, à cet égard, ma femme et moi sommes semblables.

Il y a quatre ans de cela, maintenant. Depuis

lors, nous nous en sommes accommodés de notre mieux, si tant est que cela soit possible. Allie s'organisa : c'était dans son caractère. Elle prit des dispositions pour quitter la maison et s'installer ici. Elle refit son testament et le scella. Elle laissa des instructions précises pour son enterrement ; elles sont dans mon bureau, dans le tiroir d'en bas. Je ne les ai pas lues. Et quand elle a eu terminé, elle s'est mise à écrire. Des lettres à des amis et à ses enfants. Des lettres à ses frères, sœurs et cousins. Des lettres à des nièces, à des neveux, à des voisins. Et une lettre pour moi.

Je la lis parfois quand je suis d'humeur. La lettre me remet en mémoire Allie par les froides soirées d'hiver, assise auprès d'un feu qui ronfle dans la cheminée, un verre de vin auprès d'elle, en train de lire les mots que je lui ai écrits au long des années. Elle a gardé toutes mes lettres ; maintenant, c'est moi qui les conserve, car elle me l'a fait promettre. Elle m'a dit que je saurais quoi en faire. Elle avait raison : je m'aperçois que j'aime en lire des passages, tout comme elle le faisait. Elles m'intriguent, ces lettres, car, quand je les parcours, je comprends que le romantisme et la passion sont possibles à tout âge. Je vois Allie aujourd'hui et je sais que jamais je ne l'ai aimée davantage. Pourtant, en relisant les mots que j'ai tracés pour elle, je me rends compte que j'ai toujours éprouvé le même sentiment.

Je les ai lues pour la dernière fois il y a trois soirs, bien après que j'aurais dû être endormi. Il était près de deux heures quand je suis allé jusqu'au bureau et que j'ai trouvé la liasse : un gros paquet jauni par le temps. J'ai dénoué le ruban, lui-même vieux de près d'un demi-siècle, et j'ai retrouvé les lettres que sa mère avait cachées, voilà si longtemps, et toutes les suivantes. Une vie entière de lettres déclarant mon amour, de lettres venant du fond de mon cœur. Je les ai feuilletées avec un sourire aux lèvres, faisant mon choix par-ci par-là. J'ai fini par ouvrir celle datant de notre premier anniversaire.

Quand je te vois maintenant, te déplaçant lentement avec cette vie nouvelle qui grandit en toi, j'espère que tu sais tout ce que tu représentes pour moi et combien cette année a été exceptionnelle. Aucun homme n'est plus béni que moi et je t'aime de tout mon cœur.

Je l'ai mise de côté. J'ai parcouru la liasse et j'en ai trouvé une autre, celle-ci datant d'un soir glacé, il y a trente-neuf ans de cela.

Assis auprès de toi, tandis que notre plus jeune fille chantait faux au spectacle de Noël à l'école, je t'ai regardée, j'ai vu sur ton visage un orgueil qui n'appartient qu'à ceux dont les sentiments viennent du fond du cœur, et j'ai su que pas un homme ne pourrait avoir plus de chance que moi.

Après la mort de notre fils, celui qui ressemblait à sa mère... Le moment le plus dur que nous ayons traversé et, aujourd'hui encore, les mots sonnent vrai :

Dans les moments de peine et de chagrin, je veux te serrer contre moi et te bercer, te prendre ta douleur et la faire mienne. Quand tu pleures, je pleure, et quand tu as mal, j'ai mal. Tous les deux nous allons essayer de retenir les flots de larmes et de désespoir pour avancer malgré tout par les rues défoncées de l'existence.

Je m'arrête un instant pour me souvenir de lui. Il avait quatre ans, à l'époque ; un bébé. J'ai vécu vingt fois plus longtemps que lui mais, si on me posait la question, j'aurais volontiers échangé ma vie contre la sienne. C'est terrible de survivre à son enfant ; c'est une tragédie que je ne souhaite à personne.

Je fais de mon mieux pour retenir mes larmes et parcours d'autres lettres pour me changer les idées. Voici celle de notre vingtième anniversaire, qui évoque des souvenirs plus faciles :

Quand je te vois, ma chérie, le matin avant la douche ou dans ton atelier, couverte de peinture avec les cheveux en désordre et les yeux fatigués, je sais que tu es la plus belle femme du monde.

Ainsi continuait notre correspondance de vie et d'amour... J'ai lu des douzaines d'autres lettres, certaines pénibles, la plupart réconfortantes. À trois heures, j'étais épuisé, mais j'avais feuilleté toute la pile. Il n'en restait plus qu'une, la dernière. J'ai compris qu'il fallait que je la lise.

J'ai ouvert l'enveloppe et j'ai pris les deux pages. J'ai mis la seconde de côté et j'ai approché la première de la lumière.

Ma très chère Allie

On n'entend rien sur la véranda que les rumeurs flottant parmi les ombres et, pour une fois, je n'arrive pas à trouver mes mots. C'est une étrange expérience pour moi car, quand je pense à toi et à l'existence que nous avons partagée, je me rappelle tant de choses. Toute une vie de souvenirs. Mais trouver les mots pour cela ? Je ne sais pas si j'en suis capable. Je ne suis pas un poète et pourtant c'est un poème qu'il faudrait pour exprimer pleinement tout ce que j'éprouve pour toi.

Ainsi ma pensée vagabonde. Tandis que je préparais le café, ce matin, j'ai pensé à notre vie ensemble. Kate était là, ainsi que Jane, et, quand je suis entré dans la cuisine, elles se sont tues toutes les deux. J'ai vu qu'elles avaient pleuré et, sans un mot, je me suis assis à table auprès d'elles et je leur ai pris les mains. Sais-tu ce que j'ai vu en les regardant ?

Je t'ai vue, toi, il y a si longtemps, le jour où nous nous étions dit adieu. Elles te ressemblent : elles sont comme tu étais alors, belles, sensibles et atteintes par cette blessure qui vous vient quand on vous retire quelque chose de spécial. Pour une raison que je ne suis pas bien sûr de comprendre, l'idée m'est venue de leur raconter une histoire.

J'ai fait venir dans la cuisine Jeff et David, car ils étaient là aussi et, quand les enfants ont été prêts, je leur ai parlé de nous, comment tu m'étais revenue voilà si longtemps. Je leur ai raconté notre promenade, le dîner aux crabes dans la cuisine. Ils écoutaient en souriant quand je leur ai parlé de l'excursion en canoë et comment nous nous étions assis devant le feu avec l'orage qui se déchaînait dehors. Je leur ai expliqué comment ta mère nous avait prévenus de l'arrivée de Lon le lendemain ; ils avaient l'air aussi surpris que nous l'étions alors – et, oui, je leur ai même dit ce qui s'était passé plus tard ce jour-là, quand tu étais retournée en ville.

Même après tout ce temps, cette partie de l'histoire m'a toujours hanté. Je n'y ai pas assisté et tu ne me l'as décrite qu'une seule fois, mais je me rappelle mon émerveillement devant la force dont tu as fait preuve ce jour-là. Je n'arrive toujours pas à imaginer ce qui se passait dans ton esprit quand tu es entrée dans le hall de l'hôtel et que tu as aperçu Lon, ni l'effet que cela a dû te faire de lui parler. Tu m'as dit que vous étiez tous les deux sortis de l'hôtel pour aller vous asseoir sur un banc auprès de la vieille église méthodiste, qu'il t'a pris la main alors même que tu lui expliquais que tu devais rester.

Je sais que tu tenais à lui. Et sa réaction me prouve que lui aussi tenait à toi. Non, il n'arrivait pas à comprendre qu'il allait te perdre, mais comment aurait-il pu ? Même quand tu lui expliquais que tu m'avais toujours aimé, et que ce ne serait pas loyal pour lui, il ne t'a pas lâché la main. Je sais qu'il souffrait, qu'il était furieux et que pendant près d'une heure il a essayé de te faire changer d'avis. Mais tu tenais bon et, quand tu lui as dit : « Je ne peux pas repartir avec toi, je suis vraiment désolée », il a su que ta décision était prise. Tu m'as raconté qu'il s'était contenté de hocher la tête et que vous étiez restés un long moment sur ce banc sans dire un mot. Je me suis toujours demandé ce qu'il pensait quand il était là avec toi, mais je suis sûr qu'il ressentait exactement la même chose que moi quelques heures à peine auparavant. Et quand il a fini par te raccompagner jusqu'à ta voiture, tu m'as expliqué qu'il t'avait dit que j'avais bien de la chance. Il s'est conduit en gentleman et j'ai compris alors pourquoi ç'avait été si difficile pour toi de choisir.

Quand j'ai terminé mon histoire, la cuisine était silencieuse jusqu'au moment où Kate a fini par se lever pour me serrer dans ses bras. « Oh ! papa ! » a-t-elle murmuré avec les larmes aux yeux. Je m'attendais à devoir répondre à leurs questions, mais ils n'en ont posé aucune. Au lieu de cela, ils m'ont fait un cadeau bien plus précieux.

Au cours des quatre heures suivantes, chacun d'eux m'a raconté ce que nous, nous deux, nous avions représenté pour eux tandis qu'ils grandissaient. L'un après l'autre, ils m'ont raconté des histoires à propos de choses que j'avais depuis longtemps oubliées. À la fin, je pleurais, parce que je me rendais compte quel bon travail nous avions fait en les élevant. J'étais si fier d'eux, fier de toi et heureux de la vie que nous avions menée. Et rien, jamais, ne m'ôtera cela. Rien. Je regrette seulement de ne pas t'avoir eue à mon côté à ce moment-là pour en profiter avec moi.

Après leur départ, je me suis balancé en silence, en repensant à notre vie ensemble. Dans ces moments-là, tu es toujours ici, avec moi, du moins dans mon cœur, et je n'arrive pas à me souvenir d'un seul moment où tu n'as pas été une partie de moi-même. Je ne sais pas ce que je serais devenu si tu n'étais pas revenue ce jour-là, mais je n'ai aucun doute : j'aurais vécu et je serais mort avec des regrets, que, Dieu merci, je ne connaîtrai jamais.

Je t'aime, Allie. C'est grâce à toi que je suis qui je suis. Tu es toutes les raisons, tous les espoirs et tous les rêves que j'aie jamais eus. Et, quoi qu'il nous arrive dans l'avenir, chaque jour passé ensemble est le plus grand jour de ma vie. Je serai toujours à toi.

Et toi, ma chérie, tu seras toujours à moi.

Noah

Je mets les pages de côté. Je me souviens, j'étais assis avec Allie sur notre véranda quand elle a lu cette lettre pour la première fois. C'était la fin de l'après-midi, des traînées rouges striaient le ciel d'été et les derniers vestiges du jour disparaissaient. Le ciel changeait lentement de couleur et je regardais le soleil se coucher. J'ai alors pensé à cet instant bref et fugitif où le jour se transforme soudain en nuit.

Le crépuscule, je le compris soudain, n'est qu'une illusion : le soleil est soit au-dessus de l'horizon, soit au-dessous, ce qui signifie que le jour et la nuit sont liés comme peu de choses le sont. L'une ne peut être sans l'autre, et pourtant elles ne peuvent pas exister en même temps. Je me souviens m'être demandé quelle impression cela ferait d'être toujours ensemble et pourtant éternellement séparés.

Avec le recul, je trouve ironique qu'Allie ait choisi de lire cette lettre au moment précis où cette question me venait à l'esprit. C'est une ironie du sort, bien sûr, parce qu'aujourd'hui je connais la réponse. Je sais ce que c'est, maintenant, d'être le jour et la nuit : toujours ensemble, éternellement séparés.

C'est beau, là où nous sommes assis, cet après-midi, Allie et moi. C'est le couronnement de mon existence. Ils sont tous là, sur la rivière : les oiseaux, les oies, mes amis. Leurs corps flottent sur l'eau fraîche qui reflète les fragments de leurs plumages colorés et qui les fait paraître plus grands qu'ils ne sont en réalité. Allie aussi est fascinée par ce merveilleux spectacle et, peu à peu, nous en arrivons de nouveau à nous connaître.

– Je suis content de vous parler. Même quand notre dernière conversation n'est pas très éloignée, Je m'aperçois que ça me manque.

Je suis sincère et elle le sait, mais elle reste sur ses gardes. Je suis un étranger.

– C'est quelque chose que nous faisons souvent ? interroge-t-elle. Ça nous arrive fréquemment de nous asseoir ici pour observer les oiseaux ? Nous nous connaissons bien ?

– Oui et non. Je crois que chacun a ses secrets,

mais cela fait des années que nous nous connaissons.

Elle regarde ses mains, puis les miennes. Elle réfléchit un moment ; je vois son visage sous un tel angle qu'elle me paraît de nouveau jeune. Nous ne portons pas nos alliances. À cela aussi, il y a une raison. Elle demande :

– Avez-vous été marié ?

Je hoche la tête.

– Oui.

– Comment était-elle ?

Je lui dis la vérité.

– Elle était mon rêve. Elle a fait de moi ce que je suis, et la tenir dans mes bras était plus naturel pour moi que d'entendre battre mon cœur. Je pense tout le temps à elle. Même maintenant, quand je suis assis ici, je pense à elle. Il n'a jamais pu y en avoir une autre.

Elle réfléchit à cela. Je ne sais pas ce qu'elle ressent. Elle finit par parler doucement, d'une voix angélique et sensuelle. Je me demande si elle sait que je pense ces choses-là.

– Est-elle morte ?

Je me demande : Qu'est-ce que la mort ? Mais je ne le dis pas. Je réponds :

– Ma femme est vivante dans mon cœur. Et elle le sera toujours.

– Vous l'aimez encore, n'est-ce pas ?

– Bien sûr. Mais j'aime beaucoup de choses. J'aime être assis ici avec vous. J'aime partager la beauté de cet endroit avec quelqu'un à qui je tiens. J'aime regarder l'aigle pêcheur fondre sur la rivière pour y trouver son dîner.

Elle reste un moment silencieuse. Elle détourne la tête pour que je ne puisse pas voir son visage. Elle a cette habitude-là depuis des années.

– Pourquoi faites-vous cela ?

Il n'y a pas de crainte dans sa voix, juste de la curiosité. C'est bon signe. Je sais ce qu'elle veut dire, mais je lui demande quand même :

– Quoi donc ?

– Pourquoi passez-vous la journée avec moi ?

Je souris.

– Je suis ici parce que c'est là où je suis censé être. Ça n'est pas compliqué. Ça nous plaît à tous les deux. Ne croyez pas que le temps que je passe avec vous soit du temps perdu. J'en ai envie. Je m'assieds ici, nous bavardons et je pense : Que pourrait-il y avoir de mieux ?

Elle me regarde dans les yeux et, un instant, juste un instant, ses yeux pétillent.

Un petit sourire s'esquisse sur ses lèvres.

– J'aime bien être avec vous, mais si ce que vous cherchez c'est à m'intriguer, vous avez réussi. Je reconnais que j'apprécie votre compagnie, mais je ne sais rien de vous. Je ne m'attends pas à ce que vous me racontiez votre vie, mais pourquoi êtes-vous si mystérieux ?

– J'ai lu un jour que les femmes aiment les étrangers mystérieux.

– Vous voyez, vous n'avez pas vraiment répondu à ma question. Vous n'avez répondu pratiquement à aucune de mes questions. Vous ne m'avez même pas dit ce matin comment l'histoire se terminait.

Je hausse les épaules. Nous restons silencieux un moment. Puis je finis par demander :

– Est-ce que c'est vrai ?

– Est-ce que quoi est vrai ?

– Que les femmes aiment les étrangers mystérieux ?

Elle y réfléchit et éclate de rire. Puis elle répond comme je le ferais :

– Je crois que oui, pour certaines femmes.

– Vous, par exemple ?

– Allons, ne me posez pas de questions embarrassantes. Je ne vous connais pas assez pour ça.

Elle me taquine et j'en suis ravi.

Nous restons assis sans parler à regarder le monde autour de nous. Il nous a fallu toute une vie pour apprendre cela. On dirait que seuls les vieux sont capables de rester assis l'un à côté de l'autre sans prononcer un mot et en étant tout de même contents. Les jeunes, exubérants et impatients, rompent toujours le silence. C'est du gâchis, car le silence est pur. Le silence est sacré. Il rapproche les gens car seuls ceux qui sont bien l'un avec l'autre peuvent rester ainsi sans mot dire. C'est le grand paradoxe.

Le temps passe et, peu à peu, nous commençons à respirer au même rythme, tout comme ce matin. Une respiration profonde, détendue ; à un moment elle s'assoupit, comme le font souvent ceux qui se sentent en confiance. Les jeunes sont-ils capables d'apprécier cela ? Et pour finir, quand elle s'éveille, un miracle.

– Vous voyez cet oiseau ?

Elle me le montre du doigt et j'écarquille les yeux. C'est extraordinaire que je puisse le voir, mais j'y arrive parce que le soleil brille.

– Un engoulevent, dis-je doucement.

Nous concentrons toute notre attention sur lui et l'admirons tandis qu'il glisse au-dessus de Brice Creek. Et, comme si je redécouvrais une vieille habitude, quand je baisse le bras, je pose ma main sur son genou ; elle ne m'oblige pas à la déplacer.

Elle a raison de dire que je suis évasif. Des jours comme aujourd'hui, quand seule sa mémoire a disparu, je reste vague dans mes réponses parce qu'il m'est souvent arrivé, ces dernières années, de blesser ma femme sans le vouloir en faisant un lapsus, et je suis bien décidé à ce que cela ne se reproduise pas. Je me borne donc à répondre à ses questions, parfois pas trop bien, et je ne lui dis rien spontanément.

C'est une décision ambiguë, qui a ses bons et ses mauvais côtés, mais elle est nécessaire, car avec la connaissance vient la souffrance. Pour limiter la souffrance, je limite mes réponses. Certains jours, elle ne sait même pas qu'elle a des enfants, ni que nous sommes mariés. J'en suis navré, mais je ne changerai pas d'attitude.

Est-ce de la malhonnêteté de ma part ? Peut-être. Mais je l'ai vue accablée par la cascade d'informations qui constitue désormais son existence. Pourrais-je me regarder dans la glace sans avoir les yeux rouges et la mâchoire qui tremble en sachant que j'ai oublié tout ce qui était important pour moi ? Je ne pourrais jamais, et elle non plus. Quand cette odyssée a débuté, c'est par là que j'ai commencé : par sa vie, son mariage, ses enfants, ses amis et son travail. Des questions et des réponses, comme dans un jeu télévisé.

Ces journées étaient pénibles pour nous deux. J'étais un objet dénué de sentiment, une encyclopédie de sa vie avec des qui, des quoi et des où ça, alors qu'en réalité ce sont les pourquoi, que je ne connaissais pas et auxquels je ne pouvais pas apporter de réponse, qui donnent leur valeur à tout. Elle contemplait des portraits d'une progéniture oubliée, elle tenait entre ses doigts des pinceaux qui ne lui inspiraient rien, elle lisait des lettres d'amour qui ne lui apportaient aucune joie. Elle s'affaiblissait au long des heures : elle devenait pâle, amère, et elle finissait la journée en plus mauvais état qu'elle ne l'avait commencée. C'étaient des journées perdues, et elle aussi était perdue.

Alors, j'ai changé. Je suis devenu Magellan ou Colomb, un explorateur des mystères de l'esprit : j'ai appris, lentement et en tâtonnant, mais en apprenant pourtant. Et j'ai découvert ce qui est évident pour un enfant : que la vie n'est qu'une collection de petites vies, chacune vécue un jour après l'autre. Qu'on devrait passer chaque jour à découvrir la beauté dans les fleurs et la poésie, et à parler aux animaux. Qu'on ne peut pas améliorer une journée passée sans rêve, sans coucher de soleil et sans brise rafraîchissante. Mais, surtout, j'ai découvert que la vie, c'est rester assis sur des bancs auprès de vieilles rivières, ma main posée sur son genou, et parfois, les bons jours, tomber amoureux.

– À quoi pensez-vous ? interroge-t-elle.

C'est le crépuscule. Nous avons abandonné notre banc et nous marchons d'un pas traînant le long des allées qui serpentent autour du complexe. Elle me tient le bras, je suis son cavalier. C'est elle qui en a eu l'idée. Peut-être est-elle charmée par moi. Peut-être veut-elle m'empêcher de trébucher. Dans tous les cas, je souris.

– Je pense à vous.

Elle ne répond rien sauf qu'elle serre plus fort mon bras. Je devine que ce que je viens de dire lui a plu. Notre vie ensemble m'a permis de percevoir les indices, même si elle ne les connaît pas elle-même. Je poursuis :

– Je sais que vous ne pouvez pas vous rappeler qui vous êtes, mais moi, je sais. Et je constate que, quand je vous regarde, ça me fait du bien.

Elle me tapote le bras en souriant.

– Vous êtes un homme généreux au cœur aimant. J'espère qu'autrefois j'ai pris autant de plaisir en votre compagnie qu'aujourd'hui.

Nous faisons encore quelques pas. Puis elle dit :

– Il faut que je vous dise une chose.

– Allez-y.

– Je crois que j'ai un admirateur.

– Un admirateur ?

– Oui.

– Je vois.

– Vous ne me croyez pas ?

– Mais si.

– Vous devriez.

– Pourquoi donc ?

– Parce que je crois que c'est vous.

Je pense à cela tandis que nous marchons en silence, nous tenant par le bras, passant devant les chambres, traversant la cour. Nous arrivons au jardin, où poussent surtout des fleurs des champs. Je l'arrête et cueille un bouquet : des fleurs rouges, roses, jaunes, violettes. Je le lui offre ; elle le porte à ses narines. Elle le hume les yeux fermés en murmurant : « Elles sont superbes. » Nous reprenons notre marche, elle me tient d'une main, portant les fleurs de l'autre. Les gens nous observent : nous sommes un miracle ambulant, c'est du moins ce qu'on me déclare. C'est vrai, dans une certaine mesure, même si la plupart du temps je n'ai pas l'impression d'avoir de la chance.

– Vous croyez que c'est moi ? finis-je par demander.

– Oui.

– Pourquoi ?

– Parce que j'ai trouvé ce que vous avez caché.

– Quoi donc ?

– Ça, dit-elle en me tendant un petit bout de papier. Je l'ai trouvé sous mon oreiller.

Je le lis.

> Une mortelle douleur ralentit le corps, et pourtant ma promesse
> Reste vraie à la fin de nos jours,

> Un geste tendre qui s'achève sur un baiser
> vient joyeusement éveiller l'amour.

Je demande :

– Il y en a d'autres ?

– J'ai trouvé ça dans la poche de mon manteau.

> Nos âmes ne faisaient qu'une, si tu dois savoir
> Et rien jamais ne les séparera ;
> Dans la splendeur de l'aube, ton visage s'illumine
> Je te cherche et c'est mon cœur que je trouve.

– Je vois.

Et c'est tout ce que je dis.

Nous continuons tandis que le soleil descend plus bas dans le ciel. Peu à peu, un crépuscule argenté est tout ce qui reste du jour, et nous parlons encore du petit poème. Elle est fascinée par son romantisme.

Quand nous arrivons sur le seuil, je suis fatigué. Elle le sait, alors elle m'arrête d'un geste et m'oblige à me tourner vers elle. J'obéis et je me rends compte à quel point je suis devenu voûté. Elle et moi sommes maintenant de la même taille. Je suis content, parfois, qu'elle ne sache pas à quel point j'ai changé. Elle me dévisage un long moment. Je l'interroge :

– Que faites-vous ?

– Je ne veux pas vous oublier, ni cette journée, et j'essaie de maintenir votre souvenir vivant.

Est-ce que cette fois ça va marcher? Je me le demande, puis je sais que non. Ça ne se peut pas Mais je ne luis confie pas mes pensées. Je préfère sourire parce que ce qu'elle a dit est si gentil.

– Merci.

– Je parle sérieusement, je ne veux plus vous oublier. Vous êtes quelqu'un de très spécial pour moi. Je ne sais pas ce que j'aurais fait sans vous aujourd'hui.

Ma gorge se serre un peu. L'émotion transparaît derrière ses mots, l'émotion que j'éprouve chaque fois que je pense à elle. Je sais que c'est pour cela que je vis et, en cet instant, je l'aime tendrement. Comme je regrette de ne pas avoir la force de la porter dans mes bras jusqu'au paradis!

– N'essayez pas de dire quoi que ce soit, me prévient-elle. Apprécions simplement ce moment.

C'est ce que je fais, et c'est merveilleux.

Son mal a empiré, mais le cas d'Allie ne ressemble à aucun autre. Elles sont trois autres, ici, à être atteintes de la maladie, et ces trois-là constituent la somme de mon expérience pratique du mal. Contrairement à Allie, elles sont au dernier stade de la maladie d'Alzheimer et elles ont perdu presque tout contact avec le monde. Elles se réveillent en proie à des hallucinations et en pleine confusion mentale. Elles se répètent inlassablement. Deux d'entre elles sont incapables de s'alimenter et ne vont pas tarder à mourir. La troisième a tendance à errer et à se perdre. On l'a retrouvée un jour dans la voiture d'un inconnu à cinq cents mètres d'ici. Depuis lors, on l'attache à son lit. Elles peuvent parfois être très dures et, à d'autres moments, comme des enfants perdues, esseulées et tristes. Elles ne reconnaissent que rarement le personnel ou les gens qui les aiment. C'est une maladie éprouvante et c'est pourquoi il est si pénible pour leurs enfants et pour les miens de venir nous voir.

Bien sûr, Allie a également ces problèmes, des problèmes qui vont s'aggraver avec le temps. Le matin, elle a terriblement peur et elle pleure, inconsolable. Elle voit de petites créatures, comme des gnomes je crois, qui la guettent, et elle leur crie de s'en aller. Elle se baigne volontiers, mais elle ne s'alimente pas régulièrement. Elle est amaigrie, beaucoup trop maigre à mon avis, et, les bons jours, je fais de mon mieux pour la remplumer.

Mais la similitude s'arrête là. C'est la raison pour laquelle on considère Allie comme un cas miraculeux : car quelquefois, seulement quelquefois, après m'avoir écouté lire, elle n'est pas si mal. Il n'y a pas d'explication à cela. « C'est impossible, disent les médecins. Elle ne doit pas avoir l'Alzheimer. » Mais si. Presque tous les jours et chaque matin, le doute n'est pas permis. Tout le monde s'accorde là-dessus.

Mais alors pourquoi son état se modifie-t-il? Pourquoi change-t-elle parfois après que je lui ai fait la lecture ? J'en explique la raison aux docteurs ; je la connais au fond de mon cœur, mais ils ne me croient pas. Ils préfèrent compter sur la science. À quatre reprises, des spécialistes sont venus de Chapel Hill pour trouver la réponse. Quatre fois ils sont repartis sans comprendre. Je leur dis : « Vous ne pouvez absolument pas comprendre si vous ne vous servez que de vos études et de vos livres », mais ils secouent la tête et répondent : « La maladie d'Alzheimer ne marche pas comme ça. Dans son état, il est tout simplement impossible de tenir une conversation ou d'être mieux à mesure que la journée passe. Impossible. »

C'est pourtant ce qu'elle fait. Pas tous les jours, pas la plupart du temps, et certainement moins qu'autrefois. Mais par moments. Et, ces jours-là, tout ce qui a disparu, c'est sa mémoire : comme si elle était amnésique. Mais ses émotions sont normales, ses pensées sont normales. Et, ces jours-là, je sais que j'ai raison d'agir comme je le fais.

Quand nous rentrons, le dîner l'attend dans sa chambre. Des dispositions ont été prises pour que nous prenions notre repas ici, comme toujours des jours comme celui-là, et une fois de plus je ne pourrai pas demander davantage. Les gens ici s'occupent de tout. Ils sont bons avec moi et je leur en suis reconnaissant.

L'éclairage est tamisé : la chambre n'est éclairée que par deux bougies posées sur la table où nous allons prendre place. Il y a de la musique douce en fond sonore. Les gobelets et les plats sont en plastique, la carafe est emplie de jus de pomme, mais le règlement, c'est le règlement, et ça n'a pas l'air de la gêner. Elle a un petit sursaut à ce spectacle et ouvre de grands yeux.

– C'est vous qui avez organisé ça ?

J'acquiesce et elle entre dans la chambre.

– Que c'est beau !

Je lui offre mon bras et la guide jusqu'à la fenêtre. Quand nous y sommes, elle ne me lâche pas. Je suis heureux de la toucher et nous restons tout près l'un de l'autre, par cette cristalline soirée de printemps.

La fenêtre est entrouverte. Je sens une brise m'éventer la joue. La lune s'est levée et nous la contemplons un long moment tandis que se déploie le ciel du soir.

– Je n'ai jamais rien vu d'aussi beau, j'en suis sûre, murmure-t-elle, et je suis d'accord avec elle.

– Moi non plus.

Mais c'est elle que je regarde. Elle sait ce que je veux dire et je la vois sourire. Un instant plus tard, elle ajoute :

– Je crois que je sais qui Allie a rejoint à la fin de l'histoire.

– Vraiment ?

– Oui.

– Qui ?

– Noah.

– Vous êtes certaine ?

– Absolument.

Je souris en hochant la tête.

– Oui, en effet, dis-je doucement, et elle sourit a son tour.

Son visage rayonne. Non sans effort, je recule sa chaise. Elle y prend place et je m'assieds en face d'elle. Elle me tend la main à travers la table et je la prends dans la mienne; je sens son pouce commencer à bouger, comme il le faisait voilà tant d'années. Sans parler, je la dévisage un long moment. Je vis et je revis les instants de ma vie, je me souviens de tout et ça devient réel. Je sens ma gorge se serrer et une fois de plus je me rends compte à quel point je l'aime. Quand je finis par parler, je la vois qui tremble.

– Vous êtes si belle, dis-je.

Je lis dans son regard qu'elle sait ce que

j'éprouve pour elle et ce que je veux vraiment dire par là.

Elle ne réagit pas. Elle préfère baisser les yeux. Je me demande ce qu'elle pense. Elle ne me donne aucun indice et je presse doucement sa main. J'attends. Au milieu de tous mes rêves, je connais son cœur et je sais que je suis presque arrivé.

Et survient un miracle qui prouve que j'ai raison.

Tandis que, dans une chambre éclairée aux chandelles, Glenn Miller joue en sourdine, je la regarde céder peu à peu au sentiment qui l'habite. Je vois un tendre sourire s'esquisser sur ses lèvres, ce genre de sourire qui fait que tout cela vaut la peine. Je la dévisage tandis qu'elle lève vers les miens des yeux embrumés. Elle attire ma main vers elle.

– Vous êtes merveilleux..., commence-t-elle doucement, sans terminer sa phrase.

À cet instant, elle tombe amoureuse de moi. Cela, je le sais, car j'ai mille fois vu ces signes. Sur le moment, elle n'ajoute rien : ce n'est pas la peine. Elle me lance un regard qui vient d'une autre vie et qui me fait me retrouver comme autrefois. Je souris à mon tour, avec toute la passion que j'éprouve, et nous nous buvons des yeux, les sentiments déferlant en nous comme les vagues de l'océan. Mon regard parcourt la pièce, le plafond, puis revient à Allie, et la façon dont elle me regarde me fait chaud au cœur. Je me sens de nouveau jeune. Fini le froid ou les douleurs, je ne suis plus voûté ni difforme, ni presque aveugle avec ma cataracte.

Je suis fort et fier, je suis l'homme le plus chanceux du monde, et je continue à éprouver cela un long moment.

Quand les bougies se sont consumées d'un tiers, je suis prêt à rompre le silence.

– Je vous aime profondément, j'espère que vous le savez.

– Bien sûr que je le sais, dit-elle, haletante. Je t'ai toujours aimé, Noah.

J'entends de nouveau *Noah.* Le mot retentit dans ma tête. *Noah, Noah* « Elle sait, me dis-je, elle sait qui je suis. »

Elle sait...

C'est un si petit détail, cette certitude, mais pour moi c'est un don de Dieu, et je retrouve notre vie ensemble, quand je la tenais dans mes bras, que je l'aimais, quand j'ai passé avec elle les meilleures années de ma vie.

Elle murmure :

– Noah... mon doux Noah...

Et moi, qui n'ai jamais pu accepter le verdict du docteur, voilà que j'ai de nouveau triomphé, du moins pour un instant. Je renonce à feindre le mystère : je lui embrasse la main, je la porte jusqu'à ma joue et je lui chuchote à l'oreille :

– Tu es le plus grand bonheur de ma vie.

– Oh… Noah, dit-elle, les larmes aux yeux. Je t'aime aussi.

Si seulement ça se terminait ainsi, je serais un homme heureux.

Mais ça ne sera pas le cas. J'en ai la certitude car, à mesure que le temps s'écoule, je commence à voir sur son visage des signes d'inquiétude.

Je demande :

– Qu'est-ce qui ne va pas ?

Et sa réponse arrive doucement :

– J'ai si peur. J'ai peur de t'oublier de nouveau. Ça n'est pas juste… je ne peux pas supporter de renoncer à toi.

Sa voix se brise, mais je ne sais pas quoi dire. Je sais que la soirée se termine et qu'il n'y a rien que je puisse faire pour empêcher l'inévitable. Sur ce plan-là, j'échoue toujours. Je finis par lui répéter :

– Je ne te quitterai jamais. Ce que nous avons, c'est pour toujours.

Elle sait que c'est tout ce que je peux faire, car ni l'un ni l'autre ne tolérons de promesses vaines. Mais je devine, à la façon dont elle me regarde, qu'une fois de plus elle regrette qu'il n'y ait pas plus que cela.

Les grillons nous donnent la sérénade et nous

commençons à picorer notre dîner. Aucun de nous deux n'a faim, mais je donne l'exemple et elle me suit. Elle prend de petites bouchées et les mâche longuement. Je suis content de la voir manger. Elle a perdu trop de poids au cours des trois derniers mois.

Après le dîner, malgré moi, la peur me gagne. Je sais que je devrais être joyeux, car cette réunion est la preuve que nous pouvons encore connaître l'amour, mais je sais que ce soir le glas a sonné. Le soleil s'est depuis longtemps couché, le voleur va venir et je ne peux rien faire pour l'en empêcher. Alors je la dévisage, j'attends et, durant ces derniers moments qui me restent, je vis toute une existence.

Rien.

T'entends le tic-tac de la pendule.

Rien.

Je la prends dans mes bras et nous nous serrons l'un contre l'autre.

Rien.

Je la sens trembler et je lui chuchote à l'oreille.

Rien.

Je lui dis pour la dernière fois ce soir-là que je l'aime.

Et le voleur arrive.

Je suis toujours stupéfait de la rapidité avec laquelle ça se produit. Même aujourd'hui, après tout ce temps. Car, tout en me serrant dans ses bras, elle se met à cligner rapidement des yeux en secouant la tête. Puis, se tournant vers un coin de la chambre, elle le fixe un long moment, l'inquiétude gravée sur son visage.

Non! hurle mon esprit, *pas encore! Pas maintenant... Pas quand nous sommes si proches! Pas ce soir! n'importe quand, mais pas ce soir... Je vous en prie...* Les mots sont en moi. *Je ne peux pas le supporter encore une fois! Ce n'est pas juste... Ce n'est pas juste...*

Mais, une fois de plus, ça ne sert à rien.

– Ces gens me dévisagent, finit-elle par dire en tendant le doigt. Je vous en prie, faites-les cesser.

Les gnomes.

Je sens un nœud dans mon estomac, dur et solide. Ma respiration un instant s'arrête, puis repart, plus faible cette fois. J'ai la bouche sèche et je sens mon cœur qui bat fort. C'est fini, je le sais, et je ne me trompe pas. C'est dû au coucher du soleil. La confusion mentale du soir, un des symptômes de la maladie d'Alzheimer qui frappe ma femme, est ce qu'il y a de plus dur. Car quand ça arrive je me demande si elle et moi nous nous aimerons encore.

– Il n'y a personne là-bas, Allie, dis-je, m'efforçant de parer à l'inévitable.

Mais elle ne me croit pas.

– Ils me dévisagent.

Je murmure : « Non », tout en secouant la tête.

– Vous ne les voyez donc pas ?

– Non.

Elle réfléchit un moment.

– Eh bien, ils sont juste là, dit-elle en me repoussant, et ils me dévisagent.

Elle se met à parler toute seule et, quelques instants plus tard, quand j'essaie de la réconforter, elle sursaute en ouvrant de grands yeux.

– Qui êtes-vous ? s'écrie-t-elle d'un ton affolé, en pâlissant. Qu'est-ce que vous faites ici ?

La peur monte en elle et ça me fait mal, car il n'y a rien que je puisse faire. Elle s'éloigne de moi, en reculant, les mains tendues devant elle comme pour se défendre. Puis elle crie les mots les plus déchirants.

– Allez-vous-en ! Laissez-moi tranquille !

Elle repousse les gnomes loin d'elle ; elle est terrifiée, elle n'a plus conscience de ma présence.

Je me lève et je traverse la chambre jusqu'à son lit. Je suis faible, mes jambes me font mal et je ressens une étrange douleur au côté. Je ne sais pas d'où elle vient. Je dois vraiment lutter pour presser le bouton d'appel des infirmières, car mes doigts me lancinent et ils me paraissent gelés, mais je finis par y parvenir. Elles ne vont pas tarder, je le sais, et je les attends. Je fixe ma femme.

Dix...

Vingt...

Trente secondes s'écoulent et je continue à la regarder fixement : rien n'échappe à mes yeux, je me souviens des moments que nous venons de partager. Mais, pendant tout ce temps, elle ne me regarde pas et je suis hanté par des visions où je la vois lutter contre des ennemis invisibles.

Je m'assieds au chevet du lit, le dos endolori. Tout en reprenant mon cahier, je me mets à pleurer. Allie ne s'en aperçoit pas. Je comprends, car son esprit n'est plus là.

Quelques feuilles tombent sur le sol. Je me penche pour les ramasser. Je suis épuisé, alors je reste assis, seul et séparé de ma femme. Quand les infirmières arrivent, elles doivent consoler deux personnes : une femme tremblant de peur devant les démons qui peuplent son esprit, et le vieil homme qui l'aime plus profondément que la vie elle-même et qui pleure doucement, le visage enfoui dans ses mains.

Je passe le reste de la soirée seul dans ma chambre. Ma porte est entrouverte, je vois des gens passer, des inconnus, des amis et, au prix d'un effort, j'arrive à les entendre parler famille, travail, promenades, loisirs. Des conversations ordinaires, rien de plus, mais je m'aperçois que je les envie, eux et la facilité avec laquelle ils communiquent. L'envie est un péché, je le sais, mais parfois c'est plus fort que moi.

Le Dr Barnwell est là aussi, à parler avec une des infirmières. Qui est assez malade pour justifier pareille visite à cette heure ? Il travaille trop, je le lui répète toujours. Passez du temps avec les vôtres, dis-je, ils ne seront pas là éternellement. Mais il ne m'écoute pas. Il tient à ses patients, m'explique-t-il, et doit venir ici dès qu'on l'appelle. Bien sûr qu'il n'a pas le choix, mais cela fait de lui un homme déchiré par ses contradictions. Il veut être un médecin totalement dévoué à ses malades et un homme totalement dévoué à sa famille. Il ne peut pas être les deux à la fois, car il n'y a pas assez d'heures dans une journée, mais c'est une leçon qu'il doit apprendre. Tandis que sa voix s'éloigne, je me demande quelle solution il choisira ou bien – et c'est triste – si on ne choisira pas pour lui.

Je m'assieds près de la fenêtre et je pense à aujourd'hui. Une journée heureuse et triste, merveilleuse et déchirante. Mes émotions contradictoires m'imposent le silence pendant des heures. Ce soir, je n'ai fait la lecture à personne : je n'aurais pas pu, car l'introspection poétique m'aurait fait éclater en sanglots. Le temps passe, on n'entend plus dans les couloirs que le pas des soldats du soir. À onze heures, je reconnais les bruits familiers que, je ne sais pourquoi, j'attendais, les pas que je connais si bien.

Le Dr Barnwell jette un coup d'œil par l'entrebâillement de la porte.

– J'ai remarqué qu'il y avait de la lumière. Ça ne vous ennuie pas que je vous fasse une petite visite ?

– Non, dis-je, en hochant la tête.

Il entre et inspecte du regard la chambre avant de s'asseoir à quelques pas de moi.

– Il paraît que vous avez passé une bonne journée avec Allie.

Il sourit. Il est intrigué par nous et par la relation que nous entretenons. Je ne sais pas si son intérêt est totalement professionnel.

– Sans doute.

Ma réponse lui fait pencher la tête de côté.

– Ça va, Noah ? Vous avez l'air un peu abattu.

– Je vais bien. Juste un peu fatigué.

– Comment était Allie aujourd'hui ?

– Pas mal. Nous avons bavardé près de quatre heures.

– Quatre heures ? Mais Noah, c'est... incroyable.

Je ne peux qu'acquiescer. Il reprend en secouant la tête.

– Je n'ai jamais rien vu ni entendu de pareil. Je pense que c'est ça, l'amour. Vous deux étiez faits l'un pour l'autre. Elle doit vous aimer très fort. Vous savez cela, n'est-ce pas ?

– Je sais, dis-je, incapable de rien ajouter.

– Qu'est-ce qui vous tracasse vraiment, Noah ? Allie vous a-t-elle dit ou a-t-elle fait quelque chose qui vous a peiné ?

– Non. En fait, elle a été merveilleuse. C'est simplement que pour l'instant je me sens... seul.

– Seul ?

– Oui.

– Personne n'est seul.

– Moi, si, dis-je en regardant ma montre et en pensant à sa famille qui dort dans une maison silencieuse, là où il devrait être ; et vous aussi.

Il ne se passa rien les quelques jours suivants. Allie à aucun moment n'était en mesure de me reconnaître et, je dois l'avouer, mon attention faiblissait de temps en temps, car je pensais surtout à la journée que nous venions de passer. Même si la fin arrive toujours trop vite, nous n'avions rien perdu, ce jour-là, seulement gagné, et j'étais heureux d'avoir connu une nouvelle fois cette bénédiction.

La semaine suivante, ma vie avait à peu près repris son cours normal. Normal comme il peut l'être. Je faisais la lecture à Allie, à d'autres, je déambulais dans les couloirs. Je restais éveillé la nuit et assis auprès de mon radiateur le matin. Je trouve dans le côté prévisible de mon existence un étrange réconfort.

Par un matin frais et brumeux, huit jours après qu'elle et moi eûmes passé notre journée ensemble, je me suis éveillé de bonne heure, comme j'en ai l'habitude, et j'ai traîné autour de mon bureau, tantôt regardant des photographies et tantôt lisant des lettres écrites bien des années auparavant. En tout cas, j'essayais. J'avais du mal à me concentrer parce que j'avais la migraine ; je les ai donc mises de côté et je suis allé m'asseoir près de la fenêtre pour regarder le lever du soleil. Allie serait réveillée dans deux heures, je le savais, et je voulais me reposer un peu car lire toute la journée ne ferait qu'accentuer mon mal de tête.

J'ai fermé les yeux quelques minutes ; les martèlements dans ma tête se sont calmés. En réouvrant les yeux, j'ai aperçu ma vieille amie la rivière couler devant ma fenêtre. Contrairement à celle d'Allie, ma chambre donne sur ses eaux, et elle n'a jamais manqué de m'inspirer. C'est une vivante contradiction, cette rivière : vieille de cent mille ans, mais renouvelée à chaque averse. Je lui ai parlé, ce matin-là, en murmurant pour qu'elle puisse m'entendre : « Tu es bénie, mon amie, et je suis béni aussi, et tous les deux nous accueillons les jours qui viennent. » Les remous et les vagues tournoyaient et se tordaient à l'unisson, la pâle lueur du matin reflétant le monde que nous partageons, la rivière et moi : le flux, le reflux, le niveau qui monte ou qui descend. C'est la vie, je crois, d'observer l'eau. Un homme peut ainsi apprendre tant de choses.

La chose est arrivée tandis que j'étais assis dans le fauteuil, juste au moment où le soleil pointait au-dessus de l'horizon. J'ai remarqué que j'avais des picotements dans la main, ce que je n'avais jamais ressenti auparavant. Je l'ai soulevée, mais j'ai dû m'arrêter quand mon mal de tête a repris, cette fois avec violence, presque comme si on m'avait frappé avec un marteau. J'ai fermé les yeux puis ai serré fort les paupières. Les picotements ont cessé, ma main a commencé à s'engourdir, très vite, comme si on m'avait soudain tranché les nerfs quelque part dans l'avant-bras. Mon poignet s'est bloqué en même temps qu'une douleur lancinante me traversait la tête et semblait déferler le long de mon cou et dans les cellules de mon corps, comme une lame de fond, broyant et anéantissant tout sur son passage.

Tout d'un coup, je n'ai plus rien vu et j'ai entendu ce qui m'a paru être un train qui passait en grondant à quelques centimètres de ma tête. J'ai alors compris que j'avais une attaque. La douleur m'a traversé le corps comme un éclair et, dans mes derniers instants de conscience, j'ai imaginé Allie, allongée dans son lit, attendant l'histoire que je ne lui lirais jamais, perdue et désemparée, totalement et absolument incapable de se débrouiller toute seule. Tout comme moi.

Et, comme mes yeux se fermaient pour la dernière fois, je pensai : Oh ! mon Dieu ! qu'ai-je fait ?

Je suis resté plus ou moins sans connaissance pendant des jours et, dans les rares moments où j'étais éveillé, je me retrouvais branché à des appareils, avec des tuyaux enfoncés dans le nez et me descendant dans la gorge. Deux sacs de liquide étaient accrochés auprès du lit. J'entendais le léger bourdonnement des machines qui ronronnaient régulièrement, en émettant parfois des sons que je n'arrivais pas à reconnaître. Un des appareils, dont le bip suivait mon rythme cardiaque, avait quelque chose d'étrangement apaisant : je me sentais sans cesse bercé vers le néant.

Les docteurs s'inquiétaient. Je pouvais voir leur expression soucieuse quand ils regardaient les graphiques d'un air préoccupé et qu'ils réglaient les appareils. Ils murmuraient leurs opinions, en croyant que je ne pouvais pas entendre. « Une attaque, c'est sérieux, surtout pour quelqu'un de son âge. Les séquelles pourraient être graves. » Le visage sinistre, ils énonçaient leurs prédictions : « Perte de la parole, perte de la mobilité, paralysie. » Une note de plus sur un tableau, un autre bip sur une étrange machine, et ils s'en repartaient, ignorant que je n'avais pas perdu un mot de leurs propos. Je m'efforçais par la suite ne pas y penser, mais plutôt de me concentrer sur Allie et de me l'imaginer dans ma tête chaque fois que je le pouvais. Je faisais de mon mieux pour lier sa vie à la mienne, pour que de nouveau nous ne fassions qu'un. Je m'efforçais de la sentir me toucher, d'entendre sa voix, de voir son visage et, à ces moments-là, les larmes m'emplissaient les yeux parce que je ne savais pas si je pourrais encore la serrer contre moi, lui murmurer des mots doux à l'oreille, passer la journée avec elle à bavarder, à lui faire la lecture et à nous promener. Ce n'était pas comme cela que j'avais imaginé ou espéré finir. J'avais toujours pensé que je serais le dernier à partir. Ce n'était pas du tout ainsi que les choses étaient censées se passer.

Pendant des jours j'ai flotté entre la conscience et la perte de connaissance jusqu'à un autre matin de brume où ma promesse à Allie vint de nouveau m'éperonner. J'ai ouvert les yeux, j'ai aperçu une chambre pleine de fleurs, et leur parfum m'a apporté une nouvelle motivation. J'ai cherché des yeux le bouton de sonnette, je suis parvenu à le presser au prix d'un gros effort, et une infirmière est arrivée trente secondes plus tard, suivie par le Dr Barnwell.

– J'ai soif, ai-je murmuré d'une voix rauque, et un large sourire a éclairé le visage du Dr Barnwell.

– Heureux de vous retrouver, a-t-il dit. Je savais bien que vous vous en tireriez.

Deux semaines plus tard, j'ai quitté l'hôpital, même si je ne suis plus maintenant que la moitié d'un homme. Si j'étais une Cadillac, je tournerais en rond, avec une seule roue braquée, car le côté droit de mon corps est plus faible que le gauche. C'est la bonne nouvelle, m'a-t-on déclaré : la paralysie aurait pu être totale. J'ai parfois l'impression d'être entouré d'optimistes.

La mauvaise nouvelle, c'est que mes mains ne me permettent plus d'utiliser une canne ou un fauteuil roulant : je dois donc marcher à un rythme bien personnel. Pas de gauche-droite-gauche comme j'en avais l'habitude dans ma jeunesse, pas même le traînement de pieds régulier de ces derniers temps, mais plutôt un pas lent et traînant, glissement vers la droite, nouveau pas lent et traînant... Quand je circule dans les couloirs, c'est une aventure épique. Ca me paraît lent, même à moi, qui voilà deux semaines pouvais à peine dépasser une tortue !

Il est tard quand je rentre et, quand j'arrive dans ma chambre, je sais que je ne vais pas dormir. Je respire à pleins poumons les parfums du printemps qui filtrent dans la pièce. On a laissé la fenêtre ouverte et il fait un peu frisquet. Ce changement de température me revigore. Evelyn, une des nombreuses infirmières, qui est trois fois plus jeune que moi, m'aide à gagner le fauteuil installé près de la fenêtre et commence à la fermer. Je l'arrête et, même si elle hausse les sourcils, elle accepte ma décision. J'entends ouvrir un tiroir, et quelques instants plus tard elle me drape un chandail sur les épaules. Elle l'installe comme si j'étais un enfant. Quand elle a terminé, elle pose sa main sur mon épaule et me donne une douce petite tape. Elle ne dit rien en faisant cela, et je sais à son silence qu'elle regarde par la fenêtre. Un long moment, elle reste sans bouger, et je me demande à quoi elle pense, mais je ne lui pose pas de question. Je finis par l'entendre soupirer. Elle se retourne pour s'en aller et, au passage, elle s'arrête, se penche vers moi et m'embrasse sur la joue, tendrement, comme le fait ma petite-fille. Ce geste m'étonne et elle dit doucement :

– Ça fait plaisir de vous voir de retour. Vous

avez manqué à Allie, vous nous avez manqué à tous. Tout le monde priait pour vous parce que quand vous êtes absent, ça n'est plus pareil ici.

Elle me sourit et me touche le visage avant de partir. Je ne dis rien. Plus tard, je l'entends qui passe de nouveau dans le couloir, en poussant un chariot. Elle discute avec une autre infirmière, à voix basse.

Le ciel est plein d'étoiles, ce soir. Le monde brille d'une étrange lueur bleutée. Le chant des grillons noie tout le reste. Peut-on me voir de l'extérieur, moi, ce prisonnier de chair ? Je scrute les arbres, la cour, les bancs près des oies, en quête de signes de vie. Rien. Même la rivière est calme. Dans l'obscurité, on dirait un espace vide. Je me sens attiré par son mystère. Je l'observe pendant des heures et, ce faisant, je vois les reflets des nuages qui dansent sur l'eau. Un orage se prépare. Bientôt le ciel prendra une couleur argentée, comme si c'était de nouveau le crépuscule.

Un éclair sillonne l'horizon où courent les nuées. Mon esprit vagabonde dans le passé. Où sommes-nous, Allie et moi ? Sommes-nous du vieux lierre sur un cyprès, les vrilles et les branches entremêlées à tel point que nous mourrions tous les deux si on voulait nous séparer ? Je ne sais pas. Encore un éclair. La table auprès de moi est suffisamment illuminée pour que j'aperçoive une photo d'Allie, la meilleure que j'aie. Je l'avais fait encadrer voilà des années dans l'espoir que sous verre elle durerait toujours. Je tends la main pour la prendre et l'approche à quelques centimètres de mon visage. Je la contemple un long moment; je ne peux pas m'en empêcher. Allie avait quarante et un ans quand on a pris ce cliché. Elle n'avait jamais été plus belle. Il y a tant de choses que j'ai envie de lui demander, mais je sais que le portrait ne me répondra pas, alors je le repose.

Ce soir, avec Allie au fond du couloir, je suis seul. Je serai toujours seul. C'est à cela que je pensais quand j'étais couché dans mon lit, à l'hôpital. C'est une certitude que j'ai quand je regarde par la fenêtre et que je vois approcher les nuages d'orage. J'ai beau faire, notre triste état m'afflige, car je me rends compte que le dernier jour que nous avons passé ensemble je n'ai même pas baisé ses lèvres. Peut-être ne le ferai-je jamais plus. Avec cette maladie, c'est impossible à dire.

Pourquoi ai-je de pareilles pensées?

Je finis par me lever. Je m'approche de mon bureau et j'allume la lampe. Cela me demande plus d'efforts que je ne le pensais; je suis épuisé, alors je ne retourne pas m'installer près de la fenêtre. Je m'assieds à mon bureau et je passe quelques minutes à regarder les photos qui y sont disposées. Des photos de famille, des photos d'enfants et de vacances. Des photos d'Allie et de moi. Je repense aux moments que nous avons partagés, en tête à tête ou avec la famille, et, une fois de plus, je me rends compte à quel point je suis vieux.

J'ouvre un tiroir et je trouve les fleurs que je lui avais offertes voilà bien longtemps – vieilles, fanées, attachées avec un ruban. Comme moi, elles sont desséchées, fragiles et difficiles à manipuler sans les casser. Mais elle les a conservées. « Je ne comprends pas ce que tu veux en faire », disais-je, mais elle ne me répondait pas. Et parfois, le soir, je la voyais qui les tenait, presque avec respect, comme si c'était le secret de la vie même qu'elles lui donnaient. Ah ! les femmes.

Comme cela me semble être une nuit pour les souvenirs, je cherche et je trouve mon alliance. Dans le tiroir du haut, enveloppée dans du papier de soie. Je ne peux plus la mettre parce que j'ai les jointures gonflées et que le sang irrigue mal mes doigts. Je défais le papier et je trouve la bague inchangée. C'est un symbole puissant, un cercle. Je sais, *je sais* que jamais il n'y aurait pu en avoir une autre. Je le savais alors et je le sais aujourd'hui. Je murmure tout haut : « Je suis toujours à toi, Allie, ma reine, mon éternelle beauté. Et tu as toujours été ce qu'il y a de mieux dans ma vie. »

Je me demande si elle m'entend quand je dis cela et je guette un signe. Mais rien ne vient.

Il est onze heures et demie. Je cherche la lettre qu'elle m'a écrite, celle que je relis quand l'humeur me prend. Je la trouve là où je l'avais laissée. Je retourne l'enveloppe deux ou trois fois avant de l'ouvrir, et quand je le fais mes mains se mettent à trembler.

Cher Noah,

J'écris cette lettre à la lueur d'une bougie pendant que tu dors dans la chambre que nous partageons depuis le jour où nous nous sommes mariés. Même si je n'entends pas les doux bruits de ton sommeil, je sais que tu es là et bientôt je viendrai de nouveau m'allonger auprès de toi comme je l'ai toujours fait. Je sentirai ta chaleur, ta douce présence, et ton souffle régulier me guidera lentement jusqu'à l'endroit où je rêve de toi et de l'homme merveilleux que tu es.

Je vois la flamme à côté de moi et cela me rappelle un autre feu voilà des décennies, avec moi dans la douceur de tes vêtements et toi dans tes jeans. Je savais alors que nous serions toujours ensemble, même si le lendemain j'ai hésité. Mon cœur était prisonnier, pris au lasso par un poète sudiste, et je savais au fond de moi qu'il avait toujours été à toi. Qui étais-je pour mettre en doute un amour qui chevauchait des étoiles filantes et qui rugissait comme des vagues qui se brisent ? C'était ainsi entre nous alors et c'est ainsi aujourd'hui.

Je me souviens d'être revenue te voir le lendemain, le jour où ma mère est passée. J'avais si peur, plus peur que jamais parce que j'étais persuadée que tu ne me pardonnerais pas de te quitter. Je tremblais en descendant de la voiture mais tu m'as fait tout oublier avec ton sourire et la façon dont tu m'as tendu la main. « Tu veux du café », c'est tout ce que tu as dit. Et tu n'en as plus jamais reparlé. Durant toutes les années que nous avons passées ensemble.

Pas plus que tu ne me posais de question quand je m'en allais marcher seule les jours suivants. Et, quand je revenais les larmes aux yeux, tu savais toujours si j'avais besoin de toi pour me serrer dans tes bras ou si tu devais simplement me laisser tranquille. Je ne sais pas comment tu t'en apercevais, mais c'était vrai, et tu m'as rendu les choses plus faciles. Plus tard, quand nous sommes allés à la petite chapelle, quand nous avons échangé nos alliances et prononcé nos vœux, je t'ai regardé au fond des yeux et j'ai su que j'avais pris la bonne décision. Mais, surtout, j'ai compris que j'avais été stupide d'avoir envisagé la possibilité d'épouser quelqu'un d'autre.

Nous avons eu une vie merveilleuse ensemble et j'y pense beaucoup aujourd'hui. Parfois je ferme les yeux et je te vois avec des fils gris dans les cheveux, assis sur la véranda à gratter ta guitare pendant que les petits jouent et battent des mains au rythme de la musique que tu crées. Nos vêtements sont tout tachés après des heures de travail, tu es fatigué et, j'ai beau te proposer de te reposer, tu souris en disant : « C'est ce que je suis en train de faire. » Je trouve ton amour pour nos enfants très sensuel et excitant. Plus tard, quand les enfants sont endormis, je te dis : « Tu es un meilleur père que tu t'en doutes. » Après, nous ôtons nos vêtements, nous échangeons des baisers et nous nous perdons presque dans un tourbillon avant de parvenir à nous glisser entre les draps de flanelle.

Je t'aime pour tant de raisons, surtout pour tes passions, car elles ont toujours été ce qu'il y a de plus beau dans la vie. L'amour, la poésie, la paternité, l'amitié, la beauté et la nature. Et je suis heureuse que tu aies enseigné ces choses-là aux enfants, car je sais que cela rendra leurs vies meilleures. Ils me répètent quelle place à part tu occupes dans leur cœur et, chaque fois qu'ils me le disent, j'ai l'impression d'être la femme la plus chanceuse du monde.

Tu m'as appris beaucoup de choses ; tu m'as inspirée, soutenue quand je peignais, et tu ne sauras jamais à quel point cela a compté pour moi. Aujourd'hui mes toiles sont accrochées dans des musées et dans des collections privées et, même s'il y a eu des moments où j'étais épuisée et où j'avais la tête ailleurs à cause des expositions et des critiques, tu étais toujours là avec les mots qu'il fallait pour m'encourager. Tu as compris que j'avais besoin d'avoir mon atelier, mon espace à moi, et tu as vu plus loin que les taches de peinture sur mes vêtements, dans mes cheveux et parfois sur les meubles. Je sais que ce n'était pas facile. Il faut être un homme, Noah, pour faire ça, pour vivre avec quelque chose comme ça. Et tu l'as fait. Depuis quarante-cinq ans maintenant. Quarante-cinq merveilleuses années.

Tu es mon meilleur ami aussi bien que mon amant et je ne sais pas quel aspect de toi je préfère. J'apprécie chacun d'eux, tout comme j'ai apprécié chaque instant de notre vie ensemble. Tu as quelque chose en toi, Noah, quelque chose de beau et de fort. La bonté, c'est ce que je vois quand je te regarde aujourd'hui, c'est ce que tout le monde voit. La bonté. Tu es l'homme le plus indulgent et le plus calme que je connaisse. Dieu est avec toi, il doit l'être, car tu es ce que j'ai jamais rencontré de plus proche d'un ange.

Je sais que tu m'as trouvée folle de nous faire écrire notre histoire avant de quitter finalement notre maison, mais j'ai mes raisons et je te remercie de ta patience. Tu as eu beau me le demander, je ne t'ai jamais dit pourquoi, mais aujourd'hui je crois qu'il est temps que tu saches.

Nous avons vécu une vie que la plupart des couples ne connaissent jamais et, pourtant, quand je te regarde, je suis affolée par la certitude que tout cela va bientôt finir. Car nous connaissons tous les deux le pronostic de ma maladie et ce que cela signifiera pour nous. Je vois tes larmes et je m'inquiète plus pour toi que pour moi car je redoute les épreuves que, je le sais, tu vas traverser. Il n'y a pas de mots pour exprimer mon chagrin, et je n'arrive pas à les trouver.

Mais je t'aime si profondément, avec une force si incroyable que, malgré ma maladie, je trouverai un moyen de te revenir, ça, je te le promets. Et c'est ici que l'histoire intervient. Quand je serai esseulée et désemparée, lis-moi cette histoire – tout comme tu l'as racontée aux enfants – et sache que, d'une façon ou d'une autre, je comprendrai qu'il s'agit de nous. Et peut-être, peut-être bien que nous trouverons un moyen d'être de nouveau unis.

Je t'en prie, il ne faudra pas m'en vouloir les jours où je ne me souviendrai plus de toi, et nous savons tous les deux qu'ils viendront. Sache que je t'aime, que je t'aimerai toujours et, quoi qu'il arrive, sache bien que j'ai mené la vie la plus formidable dont on puisse rêver. Ma vie avec toi.

Et si tu gardes cette lettre pour la relire, alors sois convaincu que je l'écris pour toi aujourd'hui. Noah, où que tu sois et à quelque moment que ce soit, je t'aime. Je t'aime maintenant tandis que j'écris ceci et je t'aime en ce moment où tu lis cette lettre. Et je suis si triste de pas être capable de te le dire. Je t'aime profondément, mon mari. Tu es, tu as toujours été mon rêve.

Allie

Quand j'ai fini de lire, je mets la lettre de côté. Je me lève de mon bureau et je trouve mes chaussons. Ils sont près de mon lit et je dois m'asseoir pour les passer. Puis je me relève, je traverse la chambre et j'ouvre ma porte. Je jette un coup d'œil dans le couloir et j'aperçois Janice assise au bureau de la surveillante. Je crois du moins que c'est Janice. Il faut que je passe devant elle pour aller jusqu'à la chambre d'Allie : mais à cette heure-là je ne suis pas censé quitter ma chambre, et Janice n'a jamais été une femme à enfreindre le règlement – son mari est avocat.

J'attends de voir si elle va s'en aller, mais elle n'a pas l'air de bouger. Je m'impatiente. Je finis par sortir quand même de ma chambre, traînant le pied gauche, glissant le droit, traînant le pied gauche... Il me faut une éternité pour parcourir cette distance mais, par miracle, elle ne me voit pas approcher. Je suis une panthère silencieuse se glissant dans la jungle, je suis aussi invisible que des pigeonneaux.

Je finis par être découvert, mais je n'en suis pas surpris. Je m'arrête devant elle.

– Noah, que faites-vous ?

– Je vais me promener. Je n'arrive pas à dormir.

– Vous savez que vous n'êtes pas censé le faire !

– Je sais.

Toutefois, je ne bouge pas. Je suis déterminé.

– Vous n'allez pas vraiment faire un tour, n'est-ce pas ? Vous allez voir Allie.

Je réponds :

– Oui.

– Noah, vous savez ce qui est arrivé la dernière fois où vous l'avez vue la nuit.

– Je me souviens.

– Alors vous savez que vous ne devriez pas recommencer.

Au lieu de répondre directement, je dis :

– Elle me manque.

– Je sais bien, mais je ne peux pas vous laisser la voir.

– C'est notre anniversaire de mariage.

C'est vrai. Un an avant nos noces d'or. Quarante-neuf ans aujourd'hui.

– Je vois.

– Alors, je peux y aller ?

Elle détourne un moment la tête et sa voix change. Elle parle avec plus de douceur, et j'en suis étonné. Elle ne m'a jamais paru être du genre sentimental.

– Noah, ça fait cinq ans que je travaille ici, et avant cela j'étais dans une autre maison de retraite. J'ai vu des centaines de couples lutter contre le chagrin et la tristesse, mais je n'ai jamais vu personne le faire comme vous. Personne ici, ni les médecins ni les infirmières, personne n'a jamais rien vu de pareil.

Elle s'interrompt juste un instant et, bizarrement, ses yeux s'emplissent de larmes. Elle les essuie du doigt et poursuit :

– J'essaie de penser à ce que ce doit être pour vous, à la façon dont vous continuez à tenir le coup, jour après jour, mais je n'arrive même pas à l'imaginer. Je ne sais pas comment vous vous y prenez. Il y a même des moments où vous arrivez à vaincre sa maladie. Même si les médecins ne le comprennent pas, nous, les infirmières, nous savons pourquoi : c'est l'amour ! C'est aussi simple que ça. C'est incroyable.

J'ai une boule dans la gorge et suis incapable de parler.

– Mais, Noah, vous n'êtes pas censé faire ça, et je ne peux pas vous le permettre. Alors, retournez dans votre chambre. Puis elle sourit doucement, elle renifle, elle remue des papiers sur son bureau et dit : Moi, je descends prendre un café. Je ne serai pas là pour vous surveiller pendant un moment, alors ne faites pas de bêtise.

Elle se lève aussitôt, me touche le bras et se dirige vers l'escalier. Elle ne se retourne pas et, tout d'un coup, je suis seul. Je ne sais pas quoi penser. Je regarde là où elle était assise et je vois son café, une pleine tasse encore fumante. Une fois de plus, je découvre qu'il y a de braves gens sur cette terre.

Pour la première fois depuis des années j'ai chaud au cœur en entamant mon parcours jusqu'à la chambre d'Allie. Je fais des petits pas de lutin, mais, même à ce rythme-là, c'est dangereux, car mes jambes sont déjà fatiguées. Je m'aperçois que je dois me tenir au mur pour ne pas tomber. Les tubes à néon bourdonnent au-dessus de ma tête, leur éclairage fluorescent me fait mal aux yeux et je plisse un peu les paupières. Je passe devant une douzaine de chambres plongées dans l'obscurité, des chambres où j'ai déjà fait la lecture. Je me rends compte que ceux qui sont à l'intérieur me manquent. Ce sont mes amis, dont je connais si bien les visages. Je les verrai tous demain. Mais pas ce soir : je n'ai pas le temps de m'arrêter dans ce voyage. Je continue mon chemin, le mouvement force le sang à passer dans des artères dont il était banni. À chaque pas je me sens devenir plus fort. Une porte s'ouvre derrière moi mais je n'entends pas de bruit de pas et je continue à avancer. Je suis un inconnu, maintenant. On ne peut pas m'arrêter. La sonnerie d'un téléphone retentit dans le bureau des infirmières et je vais de l'avant pour ne pas me faire prendre. Je suis un bandit de minuit : masqué, je fuis à cheval les bourgades endormies et désertes, je fonce vers des lunes jaunes avec de la poudre d'or dans mes sacoches. Je suis jeune et la passion dans mon cœur me rend fort : je vais enfoncer la porte, la prendre dans mes bras et la porter jusqu'au paradis.

À qui vais-je faire croire ça ?

Je mène une vie simple, maintenant. Je suis idiot, un vieil homme amoureux, un rêveur qui ne rêve de rien d'autre que de faire la lecture à Allie et de la serrer dans ses bras chaque fois qu'il en a l'occasion. Je suis un pécheur qui a commis bien des fautes, un homme qui croit à la magie, mais je suis trop vieux pour changer et trop vieux pour m'en soucier.

Quand je finis par atteindre sa chambre, mon corps est affaibli. Mes jambes se dérobent sous moi, je vois flou et mon cœur bat drôlement dans ma poitrine. Je me débats avec le bouton de porte et il me faut, au bout du compte, les deux mains et un formidable effort. La porte s'ouvre. La lumière du couloir se répand à l'intérieur, illuminant le lit où elle dort. Je crois, en la voyant, que je ne suis qu'un passant dans la rue animée d'une ville, à jamais oublié.

Sa chambre est silencieuse. Elle est couchée avec les couvertures à moitié remontées. Au bout d'un moment, je la vois se tourner d'un côté, et les bruits qu'elle fait font renaître des souvenirs d'un temps plus heureux. Elle paraît toute petite dans son lit. En la regardant, je sais que c'est fini entre nous. Ça sent le renfermé et je frissonne. Cet endroit est devenu notre tombe.

En ce jour de notre anniversaire de mariage, pendant presque une minute je ne bouge pas. Je brûle d'envie de lui dire ce que je ressens, mais je reste silencieux pour ne pas la réveiller. D'ailleurs, c'est écrit sur le morceau de papier que je vais glisser sous son oreiller.

L'amour en ces ultimes et tendres moments
est sensible et très pur
Vienne la lumière du matin dont la douce force
Suffit à éveiller l'amour qui jamais ne doute.

Je crois entendre quelqu'un venir, alors j'entre dans sa chambre et je referme la porte derrière moi. L'obscurité descend sur la pièce. Je traverse le parquet de mémoire et j'arrive jusqu'à la fenêtre. J'ouvre les rideaux. La lune me dévisage, grande et pleine, gardienne du soir. Je me tourne vers Allie, mille rêves en tête et, même si je sais que je ne devrais pas, je m'assieds sur son lit pour glisser le billet sous son oreiller. Puis je me penche sur elle et j'effleure son visage, doux comme de la poudre. Je caresse ses cheveux et j'en ai le souffle coupé. Je suis émerveillé, impressionné, comme un compositeur découvrant pour la première fois l'œuvre de Mozart. Elle s'agite, ouvre les yeux, cligne un peu des paupières. Je regrette soudain ma stupidité, car je sais qu'elle va se mettre à pleurer et à crier ; c'est ce qu'elle fait toujours. J'ai un caractère faible et impulsif, ça, je le sais, mais j'éprouve le besoin de tenter l'impossible : je me penche vers elle, mon visage tout proche du sien.

Quand ses lèvres rencontrent les miennes, j'éprouve un étrange picotement que je n'avais jamais ressenti auparavant, durant toutes nos années ensemble, mais je ne recule pas. Soudain, le miracle : je sens sa bouche s'ouvrir et je découvre un paradis oublié qui n'a pas changé depuis tout ce temps, un paradis sans âge, comme les étoiles. Je sens la chaleur de son corps et, comme nos langues se rencontrent, je me laisse glisser, comme je le faisais il y a tant d'années. Je ferme les yeux. Je deviens un puissant vaisseau dans des eaux bouillonnantes, fort et sans crainte, et c'est elle ma voilure. Je suis doucement le contour de sa joue, puis je prends sa main dans la mienne. Je lui baise les lèvres, les joues et je l'écoute reprendre son souffle. Elle murmure d'une voix douce : « Oh ! Noah... comme tu m'as manqué. » Encore un miracle – le plus grand de tous ! Je suis incapable d'arrêter mes larmes tandis que nous nous mettons à glisser vers le paradis. Car, à cet instant, le monde est merveilleux ; je sens ses doigts chercher les boutons de ma chemise et, avec lenteur, avec une infinie lenteur, elle se met à les déboutonner l'un après l'autre.

Table des matières

Miracles 011
Fantômes 017
Réunion 053
Coups de téléphone 105
Kayaks et rêves oubliés 111
L'eau qui coule 125
Cygnes et orages 137
Prétoires 161
Une visite inattendue 163
Carrefours 171
Une lettre d'hier 179
Un hiver à deux 185

Achevé d'imprimer en octobre 1997
sur presse Cameron
par **Bussière Camedan Imprimeries**
à Saint-Amand-Montrond (Cher)
pour le compte de France Loisirs
123, boulevard de Grenelle, Paris

N° d'édition : 29140. N° d'impression : 4/1048.
Dépôt légal : août 1997.

Imprimé en France